2012 제57회

現代文學賞 수상시집

안규철, 「두 개의 빈 의자」, 드로잉

| 현대문학상 기념조각 |

안규철

책은 양면적인 요소들이 중첩되어 있는 물건이다.
책에는 왼쪽과 오른쪽 페이지가 있고, 보이는 앞면과 보이지 않는 뒷면이 있다.
안과 밖이 있고, 시작과 끝이 있다. 흰 종이와 검은 잉크가 있고,
드러난 것과 숨겨진 것이 있으며, 저자와 독자가 있다.
서로 상반되면서 동시에 상호의존적인 이런 요소들은 책이 닫혀져 있을 때는 드러나지 않는다.
책은 상자와 같아서, 책장이 펼쳐지기 전에 그것은 무뚝뚝한 한 덩이 종이뭉치에 불과하다.
책을 열면 이렇게 하나였던 것이 둘이 된다. 왼쪽과 오른쪽이, 안과 밖이, 저자와 독자가 거기서 생겨난다.
그리고 그 둘 사이에서, 낯선 한 세계의 지평선이 떠오른다.
마술사의 손바닥에서 피어나는 꽃처럼, 작은 책갈피 속에서 세계 하나가 온전한 윤곽을 드러낸다.
문학작품 앞에서 늘 그것이 경이롭다.

제57회 現代文學賞 수상시집

김소연

오키나와, 튀니지, 프랑시스 잠 외

현대문학

차 례

수상 후보작

역대 수상시인 근작시

심사평

예심

본심

수상소감

수상작

오키나와, 튀니지, 프랑시스 잠 외

김 소 연

김소연

오키나와, 튀니지, 프랑시스 잠 외

1967년 경북 경주 출생. 가톨릭대 국문과와 동대학원 졸업.
1993년 『현대시사상』 등단.
시집 『극에 달하다』 『빛들의 피곤이 밤을 끌어당긴다』 『눈물이라는 뼈』.
〈노작문학상〉 수상.

오키나와, 튀니지, 프랑시스 잠

우리가 갈 수 있는 끝이
여기까지인 게 시시해
소라게처럼 소라게처럼

우리는 각자
경치 좋은 곳에 홀로 서 있는 전망대처럼
높고 외롭지만
그게 다지

우리는 걸었지 돌아보니 발자국은 없었지
기었던 걸까 소라게처럼 소라게
처럼

*

신중해지지 않을게
다만 꽃처럼 향기로써 이의제기를 할게
이것을 절규나 침묵으로 해석하는 건
독재자의 업무로 남겨둘게

　너는, 네가 아니라는 이 아득한 활주로, 나는 달리고 너는 받치
고 나는 날아오르고
　너는 손뼉을 쳐줘 우리는 멀어지겠지만 우리는 한곳에서 만나
지 그때마다 우리가
　만났던 그 장소들에서, 어깨를 겯는 척하며 어깨를 기댔던 그
곳에서

　"좋은 위로는 어여쁜 사랑이니, 오래된 급류가의 어린 딸기처
럼"*

*

　소라게 한 마리가 집을 버리는 걸 우리는 본 적이 있지
　팔 한쪽 다리 한쪽을 버려가며 걷는 걸 본 적이 있지
　그때 재스민 한 송이가 떨어지는 걸 본 적이 있지
　소라게가 재스민 꽃잎을 배낭처럼 업고서 다시,
　걸어가는 걸 우리는 본 적이 있지

　우리가 우리를 은닉할 곳이

여기뿐인 게 시시해
소라게처럼 소라게처럼

*

나의 발뒤꿈치가 피를 흘리거든
절벽에 핀 딸기 한 송이라 말해주렴

너의 머릿칼에서
피 냄새가 나거든
재스민 향기가 난다고 말해줄게

* 프랑시스 잠, 「시냇가 풀밭은」에서 빌려옴.

수학자의 아침

나 잠깐만 죽을게
삼각형처럼

정지한 사물들의 고요한 그림자를 둘러본다
새장이 뱅글뱅글 움직이기 시작한다

안겨 있는 사람은 보이지 않는다는 것에 대해
안겨 있는 사람을 더 꼭 끌어안으며 생각한다

이것은 기억을 상상하는 일이다
눈알에 기어들어온 개미를 보는 일이다
살결이 되어버린 겨울이라든가, 남쪽 바다의 남십자성이라든가

나 잠깐만 죽을게
단정한 선분처럼

수학자는 눈을 감는다
보이지 않는 사람의 숨을 세기로 한다
들이쉬고 내쉬는 간격의 이항대립구조를 세기로 한다

숨소리가 고동 소리가 맥박 소리가
수학자의 귓전을 함부로 들락거린다
비천한 육체에 깃든 비천한 기쁨에 대해 생각한다

눈물 따위와 한숨 따위를 오래 잊었어요
잘 살고 있지 않는데도 불구하고요

잠깐만 죽을게,
어디서도 목격한 적 없는 온전한 원주율을 생각하며

사람의 숨결이
수학자의 속눈썹에 닿는다
언젠간 반드시 곡선으로 휘어질 직선의 길이를 상상한다

이불의 불면증

너는 마치
이불을 재워주기 위해 잠이 드는 사람 같아

네 품에 안겨서
초록색 이불이 조금씩 몸을 뒤척이네

품었던 것의
품고 있던 독을 고스란히
자기 육체로 옮겨오는 사람처럼
먼 곳을 생각하는 자의 표정을 짓지

독충처럼
꼬리 끝이나 대가리를 곧추세우는 대신
언제고 입꼬리를 올리지

이불을 재우는 사람처럼
너의 잠은 동그랗네
크고 작은 동그라미들이 비눗방울처럼
네 언저리에 둥둥 떠오르네

이것은 꿈이 아니지
말하지 않을 땐 마지막 남은 너의 고백 같아서
부탁으로 나는 그걸 알아듣지

이불은 에메랄드사원의 와불처럼 누워
네 살결을 만지고 있네 네 살결이 먼저 선잠에서 깨어나겠지

너는 모로 누워
부탁해요, 제발
기도하는 사람처럼 두 손을 모으고
곤히 잠들어 있네

연두가 되는 고통

왜 하필 벌레는
여기를 갉아먹었을까요

나뭇잎 하나를 주워 들고 네가
질문을 만든다

나뭇잎 구멍에 눈을 대고
나는 하늘을 바라본다
나뭇잎 한 장에서 격투의 내력이 읽힌다

벌레에겐 그게 궁지였겠지
거긴 나뭇잎의 궁지였으니까
서로의 흉터에서 사는 우리처럼

그래서 우리는 아침마다
화분에 물을 준다
물조리개를 들 때에는 어김없이
산타클로스의 표정을 짓는다

보여요? 벌레들이 전부 선물이었으면 좋겠어요

새 잎이 나고 새 잎이 난다

시간이 여위어간다
아픔이 유순해진다
내가 알던 흉터들이 짙어진다

초록 옆에 파랑이 있다면
무지개, 라고 말하듯이
파랑 옆에 보라가 있다면
멍, 이라고 말해야 한다

행복보다 더 행복한 걸 궁지라고 부르는 시간
신비보다 더 신비한 걸 흉터라고 부르는 시간

벌레들이 더
많아졌으면 좋겠어요

나뭇잎 하나를 주워 든 네게서
새 잎이 나고 새 잎이 난다

이별하는 사람처럼

만약 언젠가

돌 하나가 너에게 미소 짓는 것을 본다면,

그것을 알리러 가겠니?

—기유빅, 「만약 언젠가」

이별하는 사람처럼
할 말을 조용히 입술 안에 담궜지

비가 왔고
앙상한 나뭇가지 관절마다
물방울들이 반짝였지

우리는 물방울의 개수를
끝없이 세고 싶었어
이만이천스물셋 이만이천스물넷……

나는 조용히 일어나

처음 해보는 것처럼 수족을 움직여
찻물을 끓였고

수저를 달그락거리며
너는 평생 동안 그래온 사람처럼
오래도록 설탕을 녹였지

해가 조금씩 기울었지
베란다의 장독들이
그림자를 조금씩 움직였지

선물처럼 심장에서 무언가를 꺼내니
내 손바닥엔 까만
돌멩이 하나

답례처럼 무언가를 허파에서 꺼내니
네 손바닥엔 까만 돌멩이
하나

이별하는 사람처럼 우리는
뚱한 돌멩이가 되었지

태어나기는 했지만*

우리는 매일 이사를 했습니다

아빠에겐 날짜가 중요했고
나에겐 날씨가 중요했습니다

아빠에겐 지붕이 필요했고
나에겐 벽이 필요했습니다

네가 태어날 때 부친 편지가
왜 도착하질 않니
아무래도 난 여기서 살아야겠구나

우편함은 아빠의 집이 됩니다

서랍에는 아빠의 장기기증서가 있어
내가 최초로 받은 답장이 되었습니다

날짜는 불필요하게 자라나고
날씨는 불길하게 늙어가고

춥다는 말이 금지어가 되어갑니다
보름달이 떴다는 말은 사라져갑니다

모르는 가축들이 바들바들 떨고 있습니다
아빠, 하고 부르려다 맙니다

* 오즈 야스지로의 무성영화 「태어나기는 했지만」에서 빌려옴.

주동자

장미꽃이 투신했습니다

담벼락 아래 쪼그려 앉아
유리처럼 깨진 꽃잎 조각을 줍습니다
모든 피부에는 무늬처럼 유서가 씌어 있다던
태어나면서부터 그렇다던 어느 농부의 말을 떠올립니다

움직이지 않는 모든 것을 경멸합니다
나는 장미의 편입니다

장마전선 반대를 외치던
빗방울의 이중국적에 대해 생각합니다

그럴 수 없는 일이
모두가 다 아는 일이 될 때까지
빗방울은 줄기차게 창문을 두드릴 뿐입니다
창문의 바깥 쪽이 그들의 처지였음을
누가 모를 수 있습니까

빗방울의 절규를 밤새 듣고서
가시만 남은 장미나무
빗방울의 인해전술을 지지한 흔적입니다

나는 절규의 편입니다
유서 없는 피부를 경멸합니다

쪼그리고 앉아 죽어가는 피부를 만집니다
손톱 밑에 가시처럼 박히는 이 통증을
선물로 알고 가져갑니다

선물이 배후입니다

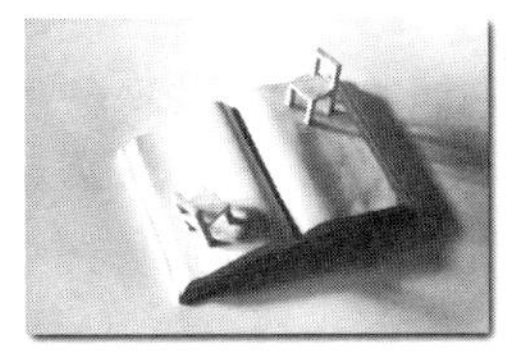

수상시인 자선작

오, 바틀비*

　모두가 천만다행으로 불행해질 때까지 잘 살아보자던 꽃들의
맹세가 흙마당에서 만개해요, 사월의 마지막 날은 한나절이 덤으
로 주어진 괴상한 날이에요, 모두가 공평무사하게 불행해질 때까
지 어떻게든 날아보자던 나비들이 날개를 접고 고요히 죽음을 기
다리는 봄날이에요, 저것들을 보세요, 금잔화며 양귀비며 데이지
까지 모두가, 아니오, 아니오, 고개를 가로저으며 하루를 견뎌요,
모두가 아름답게 불행해질 때까지 모두가 눈물겹게 불행해질 때
까지, 온 세상 나비들은 꽃들의 필경사예요, 살아 있는 모든 것들
이 한꺼번에 몰아쉬는 한숨으로 겨우 봄바람이 일어요, 낮달이
허연 구멍처럼 하늘에 걸려요, 구멍의 바깥이 오히려 다정해요,
반나절이 덤으로 배달된 괴상한 날이에요, 모두가 대동단결하여
불행해질 때까지 시들지 않겠다며, 꽃잎들은 꽃자루를 꼭 붙든
채 조화처럼 냉정하구요, 모두가 완전무결하게 불행해질 때까지
지는 해는 어금니를 꽉꽉 깨물어요,

* 허먼 멜빌의 소설 『필경사 바틀비』.

드넓은 어제

밀실에는 음악이 있어야 한다
그래야 그림자가 외롭지 않다 그래야 춤출 수 있다

먼 나라에선 불타던 한 사람이 온 나라를 불태웠다지
뜨겁고 드넓게, 뜨겁고 애타게
꽃에 안기기 직전의 나비처럼 떨면서 떨면서

오래된 성터에서 나비를 보았다
옛날 옛적 빗발치던 화살들을 가로지르며
나비가 드넓게 포물선을 만들며 날았다

불타던 것들이 흔들린다
흔들리며 더 많은 단어들을 모은다
달궈진 추처럼 주머니가 불룩해지면
내일쯤엔 멈출 수 있다

구름은 구름을 향해 흘렀다
배가 되기 위해서였겠지
창문을 열면 바닷물이 쏟아져 들어왔겠지

사각의 밀실에는 사각의 가오리가
탁본 뜨듯 솟아올라야 한다

그래야 지느러미처럼 커튼은
헤엄을 칠 수 있다 더 넓은 바다로 가려고
가서 비천하게 죽든 궁핍하게 살든
끝장을 볼 수 있다

내일은 우리
가엾은 물고기에게도 그림자를 그려주자
어제로부터 드리워진 불빛인 양
자그마치 커다랗게

있고 되고

홍옥이 있었지
우연히 만난 농부가 건네준

강물에는 구름이 천리강산도千里江山圖를 펼치고 있어
그림의 귀퉁이를 접는 돌 하나
빗방울들을 태운 채 정박해 있지

거위가 우점준雨點皴으로 삼박삼박 걸어오고 있어
저 걸음걸이를 필사한 예술가들을 이끌고
구석구석 참견을 하지

모든 것들이 춤을 추고 있어
음악은 없지
바람은 있지

있는 것들이 오랫동안 그렇게 있을 때
우리가 기다리던 모든 것이 되지

연둣빛 메뚜기들이 풀밭에서

팝콘처럼 팡팡 튀어 오르고 있어
나는 천천히 퍼져 나가는
등고선이 되지

빗소리가 배낭에 닿지
어디선가 군불 냄새가 다가왔고
나는 배고픈 사람이 되지

배낭 속엔 홍옥이 있지
우연히 만난 사람에게 건네야지

빨갛고 동그란 우주를 손에 들고
어리둥절해진 한 사람은
늠름한 사과나무가 되었으면

사랑과 희망의 거리

우리는
서로가 기억하던 그 사람인 척하기 위해
애를 쓰고 있다

빗방울에 얼굴을 내미는
식물이 되고 싶었다고 말할 뻔했을 때

너,
살면서 나는…… 살면서 나는……
그런 말 좀 하지 마
죽었으면서

귀가 아프다
가면이 열리는 나무가 있다면
이 순간에 가지 끝이 축 처졌을 것이다
아니, 부러졌을 것이다

사실은
이해를 하고 있다는 걸

잊어서는 안 된다

우리는
어깨로 얘기를 들어주는 사람들

다가갔다 물러섰다,
빗방울이 앉았다 넓어졌다 짙어지는
우리의 어깨가
얼룩이 질 때

유리창 같다, 니 어깨는……
고막이 있니, 니 어깨는……

필요한 말인지
불필요한 말인지
알 길이 없는 이 말은 하지 않기로 한다

빗방울의 차이에 대해 말할 줄 아는 사람과 마주 앉아 있다
하수구로 흘러가는 빗방울이 되어서

메타포의 질량

　맨 처음 우리는 귀였을 거예요 아마. 따스한 낱말과 낱말이 포
켓사전처럼 대롱거리는 귓불이었을 거예요 아마. 그때 우린 사전
의 속살을 들춰보았죠. 여긴 두 페이지가 같네요? 파본인가요?
그다음 우리는 그릇이었을 테죠 어쩌면. 아이스크림을 컵에 담듯
살아온 날들의 독백이 녹아 흘러내리지 않게 자그마한 그릇처럼
웅크려야 했을 테죠. 그때 우리는 맛있었죠. 그때 우리는 양 손바
닥처럼 밀착되었을 테죠. 고해와 같았을 테죠 어쩌면. 딸기맛과
메론맛이 회오리처럼 섞일 때면 하루가 저물었죠. 그런 후에 우
리는 서로의 기록이었죠. 손목이 손을 놓치는 순간에 대해, 시계
가 시간을 놓치는 순간에 대해, 대지와 하늘이 그렇게 하여 지평
선을 만들듯이 윗입술과 아랫입술을 그렇게 하여 침묵을 만들었
죠. 등 뒤에서는 별똥별이 하나씩 하나씩 떨어져 내렸죠. 그러곤
우리는 방울이 되었어요. 움직이면 요란해지고 멈춰 서면 잠잠해
지는, 동그랗게 열중하는 공명통이 되었죠. 환희작약 흐느낌, 낄
낄거리는 대성통곡. 은총과도 같이 도마뱀의 꼬리와도 같이. 우
리는 비로소 물줄기가 되었죠. 우리는 비로소 물끄러미가 되었
죠. 이제 우리는 질문이 될 시간이에요. 눈먼 자가 자기 집으로
돌아가는 길을 마음속으로 그려보는 시간이죠. 덧없지 않아요.
가없지 않아요. 홀로 발음하는 안부들이 여울물처럼 흘러내리는

이곳은 어느 나라의 어느 골짜기인가요. 이것은 불시착인가요 도착인가요. 자, 우리의 질문들은 낙서인가요 호소인가요, 언젠가 기도인가요?

이것은 사람이 할 말

늙은 여가수의 노래를 듣노니
사람 아닌 짐승의 발성을
암컷 아닌 수컷의 목울대를
역류하는 물살

늙은 여가수의 비린 목소리를 친친 감노니
잡초며 먼지 덩이며 녹슨 못대가리를
애지중지 건사해온 폐허
온몸 거미줄로 영롱하노니

노래라기보다는 굴곡
노래라기보다는 무덤
빈혈 같은 비린내

관록만을 얻고 수줍음을 잃어버린
늙은 여가수의 목소리를 움켜쥐노니
부드럽고 미끄러운 물때
통곡을 목전에 둔 부음
태초부터 수억 년간 오차 없이 진행되었던

저녁 어스름

그래서 이것은 비로소 여자의 노래
그래서 이것은 비로소 사람이 할 말
그래서 이것은 우리를 대신하여 우리를 우노니

우리가 발견한 당신이라는
나인 것만 같은 객체에 대한 찬사

살면서 이미 죽어본 적 있었다던
노래를 노래하노니
어차피 헛헛했다며
일생이 섭섭하다며
그럴 줄 알았다며
그래서 어쩔 거냐며

늙은 여가수의 노래에 박자를 치노니
까악까악 까마귀
훌쩍훌쩍 뻐꾸기

달디단 꿈 1

내 소원은
차례차례 사랑이었던 것들과 한꺼번에
달디단 혼숙을 하는 것

앞에 버틴 너무 큰 창문은 벌레들 죄다 날아들도록
활짝 열어놓는 것
반듯하게 누워 눈이 물로써 전하는
귀를 향한 전언을 듣는 것
대지가 제 몸을 뒤척여 아침을 모시고 오는
발소리 또한 듣는 것

피곤도 없이 일어나 그 여전할, 박카스 한 병 같은
새벽을 보는 것
멀리 시내버스의 으르릉 소리를 새롭게 듣는 것

차례차례 시체들을 걷어 내듯
곤히 잠든 알몸들 걷어 내고 일어나, 사용한 적 없는
커다란 솥을 꺼내 허기를 느껴보는 것

쌀을 깨끗이 씻고, 밥 냄새를 고소히 풍기는 것

내 소원은 그러니까
차례차례 사랑이었던 것들과 함께
깔끔한 아침을 먹는 것

달팽이 뿔 위에서

사방천지에 잠자는 짐승의 숨소리들이, 세상 가득 상처 난 식물의 코 고는 소리가, 그들이 뱉어놓은 눅진눅진한, 짙은 입 냄새가, 들숨, 날숨, 부풀어 오르다 꺼지는 뒷산의 어깨가, 눈 맑은 꽃, 까칠까칠한 턱, 내 손으로 감쌌던 두꺼운 손, 늘어진 머리카락들, 길처럼 여린 길, 발처럼 예쁜 발, 코끼리 발자국 속에 무수한 개미 발자국, 흙 속에 묻어둔 사나운 발톱, 바람 한 장에 꿀 한 숟갈, 이슬을 털다 스스로 놀라는 잎갈나무숲, 달처럼 해진 달, 물처럼 환한 물, 이윽고 별들의 정수리가 다아 보일 때 나는, 점자책을 읽듯 손끝으로 세상을

수상 후보작

서동욱

영하零下 외

1969년 서울 출생.
1995년 『세계의 문학』 등단.
시집 『우주전쟁 중에 첫사랑』 『랭보가 시쓰기를 그만둔 날』.

영하零下

가죽을 위해선 적어도 삼 종의 크림이 필요합니다

페이스 바디 풋

겨울은 수분을 무섭게 빼앗아가지요

얼어붙은 한강을 보며

비로소 피부는 죽임을 당할 수도 있다는 공포에 빠집니다

영혼은 그저

대기가 건조해지면 증발하는 것

그러니까 그것은 일종의 알코올입니까?

육체는 알코올에 젖어서 평소엔 부드럽습니까?

우린 결국 마른수건처럼 그 자리에 멈출 거예요

페이스 바디 풋 차례로

바스락,

공정한 마음은 이런 화학적 필연성

동작動作을 공예하는 명인처럼

너는 정면을 응시하고 곧장 내 옆을 지나갔지

공정한 마음은 영하처럼 단순하고 무자비하고 과학적인 것

나는 그런 진노를 여태껏 본 적이 없습니다

온도계 끝의 붉은 물은

죽은 동물의 피처럼 차가워지며,
발톱을 세워 강물을 비켜선 아파트들이 얼어붙습니다
계단들은 발자국 없이도
하늘에 걸린 실로폰처럼 울기 시작하는군요
이런 현상은 신기하고 때로 즐거워
강변을 따라 서 있는 웨하스들이
밤새 바스락거리고 있으니
모든 건 수분의 문제입니다
아무리 거대해도 하는 수 없습니다
보잘것없는 여자애들은 애인이 되면 강력해지고
생활의 바닥에서부터 시작되는 바스락 소리
강력하다는 건 벽 속의 균열처럼 참을성이 많다는 것
손도 안 대고 내면부터 가루로 만들 수 있는 힘
그냥
강 전체가 소리입니다

한때 여기 소나기 뒤의 고요가 있던 것을 기억하는가?
피부가 빈 지갑처럼 되면 서로의 빈 공명통 속으로 들어갔었지
투명인간 속에 투명인간이 들어가 몇 겹으로 투명해지는 것처

럼,

그래서 햇빛이 너에게서 나에게로 이동할 땐

유리를 통과할 때의 마찰음조차 없어서 음악 소리는 그저 경이

로운 침묵

그러나 영하엔 공정한 마음이 우주에 가득해

바스락,

과자 소리가 이렇게 무서웠던 적은 없는 것 같습니다

감전

옷장 안에 전기를 잘 가두었다
버리고 간 스웨터 속에서 잠을 자던
영혼의 마지막 조각 같은 정전기
생과
생을 통과하는 감전
나는 마흔을 슬프게 보낸 것 같고
너는 저녁이 와도 불을 켜지 않았으며
아마도 대홍역의 똑같은 개찰구를
언젠가 통과했겠지
세상에서 세월을 인내할 줄 아는 것은
옷장이 아니며 냉장고다
저토록 엄격한 보호자를 보라
개찰구의 센서들만이 인과율을 복원할 수 있을 것이다
왜 한 사람이 우는 물처럼 지나갔고 왜
한 사람이 오지 않는지
그러나 금방 치워지는 식당 밥상처럼
새 밤이 오고 새날이 온다
어느 날 마른 발걸음은 기억을 잃어버리고서
역에서 내린다

탁, 탁 정전기 하나가 별을 괘도 밖으로 던질 때마다
깜짝 놀라서
낯익은 난간을 꽉 쥐어본다

공정한 마음

함부로 죽이는 건 아니에요 먼저 규칙을 상기시킵니다 어린 동
물은 예외인가요? 인간들은 그런 걸 논의하기도 하나 봅니다
만, 신들이 가꾸는 생명은 휘어진 나무처럼 사는 걸 좋아합니
다 렌즈는 애초에 광학적 요술이고 태어날 때부터 생명은 빛이
휘어지는 홍채를 가지고 있군요? 공정함보다 더 따뜻한 편견이
있다는 거겠지요 휘어진 빛 속에서 당신, 그냥 새 인생을 선물
받기엔 약간 애석한 당신이 어떤 이상한 의견을 신뢰 속에 내
놓고 있습니다 (아아 신뢰의 빛, 가까이 가보면 나방들이 자욱
한) 모나폴리게임을 한 세트 더 구입합시다…… 구질구질한
양반! 나는 죄 없는 세계의 하느님도 될 수 있지만 내일은 휴일
에 전념할 것이고, 모래와 유조선과 태양만 남은 세계도 될 수
있지만, 여섯 시에 마음은 켜지고 여섯 시에 마음은 꺼지고, 지
폐를 모아 세운 주택들처럼

기내식

비행기의 잔해 속에는 역시 산산이 부서지고 역시 어처구
니없는 영혼의 파편들, 부서진 추억들, 벗어던진 자아들, 버
려진 모국어들, 침해당한 사생활들, 도저히 번역할 수 없는
농담들, 소멸된 미래들, 잃어버린 사랑들, '토지' '소유물'
'집' 따위 거창하긴 하지만 공허한 낱말들의 잊혀진 의미들
등등이 뒤섞여 있었다.

—살만 루시디

한번은 친구 녀석이 물었다고 합니다
기내식은 몇 번이나 먹을 수 있죠?
두 번입니다
빵은?
있으면 계속 드리죠
그러므로 공해상엔 룰이 없으며
의무로부터 자유 해적이나 민항기나,
에리히 프롬 같은 문사나
이런 멋진 표현을 쓸 거 같아요 듀티 프리
마구 먹자 담배와 볼펜을 사자 근데 어디서 오는 길이신가?

아 거긴 작년 여름에 가본 적이 있다네 바에서 싸움이 나서
일행이 당구공을 이마에 맞았지
움푹해진 골상 때문에 의사들도 배를 잡았다네
그 도시의 한인들은 부도 때문에 수배 중이거나
해가 지는 파라솔 밑에서 바싹 건조해진 가루에 불을 붙이고,
우우 취직이 안 되면 해외여행을 떠나야 하는가?
좌석 백 개당 점심에 소 한 마리
항공사의 주방장은 우울합니다
기내식은 바둑판에서 노상 오목만 두는 일이다
피시 올 미트 초콜릿케이크 깡통 과일
이런 조건에서 무슨 실력 발휘란 말인가!
그러나 기내식은 생존보다는 쾌락입니다 몇 번이나 먹을 수 있
죠?
결혼식에 지친 신혼부부가 탯줄이 감긴 태아들처럼
목을 꺾고 잠든 동안
바다는 변기에 고인 물처럼 맑고 고요해
인도네시아의 섬과 섬 사이에 담장처럼 치명적인 안개가 세워
진 줄도 모르고
식후엔 너무 졸려 다행이군요

한 소녀만이 몰래 창문을 올리고 그 순간을 봤습니다
창만큼 뛰어오르는 열대의 돌고래들
천국의 물고기들은 기내식을 탐내지요
버터와 캔디와 농협김치와
예정에 없던 활주로 밖으로 잎사귀들이 일렁거리듯
물고기떼가 방향을 바꿉니다

(어둠 속에서
히말라야산맥 꼭대기의 분홍빛 소금을 생각했다
이백만 년 전 바다가 사라지면서
바다 속에 숨겨진 소금산이 히말라야에 남았다
눈길인 줄 알고 소금을 밟고 올라간 코끼리들은
순식간에 말라붙어버렸다
위성에서 촬영하면 얼마나 멋진지 알아요?
큰 귀가 비행기 꼬리처럼 산정에 마구 흩어져 있으며……)

맥주잔 속의 겨울 마을

붓기만 하면
즉석에서 제조되는 스노우볼
눈보라 너머로
막 시간을 거슬러 오르며 생겨나는
교회 하나
인형처럼 멈추어선 연인들
강아지 한 마리
그러니까, 스노우볼이란
전형적인 연애로군
너무 전형을 두려워하는 것도 전형이야

그래서 계속
펑펑 눈처럼 기억이 내리고
다 덮어버려 아예 하루의 바깥으로 사라진 저녁
너는 입을 크게 열고 뭔가 거대한 것을 만드는 것 같았지만
지구가 방음벽 사이로 들어갈 때
소리는 표백제 속에서 깨끗해져버렸다
글러브를 낀 주먹처럼
대기의 두터운 담요에 말아 잠을 재운 종鐘들

그러나 허기가
모든 중요한 일을 방해했다
어떻게 하지?
이윽고 아무것도 보이지 않게 되었을 때
나는 네가 어느새 매우 안전한 곳으로 갔다고 생각하며
사라지고 있는 가드레일을 따라 졸음을 쫓으며 걸어갔다

스노우볼
겨울로 돌아가
길이 있던 자리를 떠올리며
실종자를 찾는 사람들
글라스 한 겹 너머에서
속도와 온도가 마구 뒤섞이는
물로 된 별
한 모금씩 줄어들어
젖은 눈처럼 바닥에 깔리고 마는

스피노자

인물을 내세우는 것은
지킬 수 없는 시간표 같은 것

그러나 한 사람이 있다

그는 에티카에 이렇게 썼다
사랑하는 여인이 다른 자에게 몸을 맡기는 것을 상상하는 자는
사랑하는 이의 이미지를
다른 사람의 음부 및 분비물과 결합시키기 때문에
그 여인을 혐오한다
탈무드풍으로 정의한 이 질투를 후에,
또 다른 유대인 프루스트가 스완을 통해 반복했다
어쨌든 이런 식으로

아니면 다르게,
그는 해결할 수 없는 감정의 난폭함에 대해 모르는 자가 아니다
고독할 기회 없이 식탁에 앉았으며
공동화장실 앞에서 기다려야 했다
편지들도 있었으나

옷깃 속에 꿰매둘 단 한 문장의
따뜻함도 가져보지 못했다
그러니까,
고생스럽게 시끄러웠다

모두가 증오했던 책의 저자
탐낼 것 없는 이 지위는
어이없이 덧없는 노력을 요구한다

목적 없이 살아야 한다 헤헤헤

어떻게 인간은 이렇게 예외적일 수 있는가?
건전한 인간들의 저주와
네덜란드의 바쁜 사업가들을 피해서
망각과 조급함의 소명을 배반하지 않는 두뇌들을 통과하며
전단지와 홍행사들 틈에 끼어
어떻게,
까다로운 책들이 살아남길 바라는가?
태양과 별들 사이에 끼어든 가당찮은 렌즈가

무슨 역사를 교정하겠는가?

경탄할 만큼 전신이 휘어진 관상목처럼
인간들은 지구에 수북한데
차력사처럼
사랑받는 일도 소유도 없는 한 삶을
자기 어깨 위에다, 무엇 때문에?
그러곤 하숙생은 일찍 사라졌다

글을 쓴다는 것
오지 않는 것을 기다리는 것이라 생각했다
그러나 그것은
어떤 기대 없이,
하도록 돼 있는 일을 하는 것이다.

이수명

좌판 외

1965년 서울 출생.
1994년 『작가세계』 등단.
시집 『새로운 오독이 거리를 메웠다』 『왜가리는 왜가리 놀이를 한다』
『붉은 담장의 커브』 『고양이 비디오를 보는 고양이』 『언제나 너무 많은 비들』.
〈현대시작품상〉 등 수상

좌판

좌판
조그만 어느 좌판
좌판은 나를 악화시킨다.

내가 좌판을 범하기 전에 좌판은 나를 악화시킨다. 좌판은 어
떠한 자리도 가지고 있지 않은 좌판이 적당하다.

암흑을 벌이고 있는 좌판
암흑이 없다.

어떠한 자리도 가지고 있지 않은 폭풍이어서 서 있는 폭풍이어
서 야경은 고스란히 안전하다.

폭풍은 폭풍을 쓸어 갈 뿐이다.

텅 빈 폭풍을
나는 무사히 빠져나간다.
나는 무사히 악화된다.
몸을 숙이고 더 숙이고 어느 철봉 아래로

나는 내가 자꾸 굴러떨어지는 좌판을 결심한다.

나를 쳐서 쓰러뜨리는 자가 적당하다. 내가 알아볼 수 없는 사
라짐의 간격이 적당하다. 좌판에 이르기 전에 나는 좌판이 모두
사라지는 것을 보게 될 것이다.

좌판에 실패할 것이다.
주저앉아 좌판을 범하기 전에

이유가 무엇입니까

이유가 무엇입니까, 신발을 만류하다 말고 구겨진 신발 속으로 들어간다. 원인들은 어떻게 지냅니까, 자세히 좀 더 자세히 발길질은 분리된다. 더 멀리 방사상으로 팔을 벌린다. 피가 나는 것은 쓸쓸한 일이다. 무엇 하나 뱉어내지 못하고 한꺼번에 삼켰거든요. 오늘은 정말 아무것도 삼키고 싶지 않았다. 이유가 무엇입니까, 내 생각을 물을 때마다 내 생각이 가능해질 것이다. 내 생각이 갈 곳이 없다. 짧은 대꾸를 한 차례 빌려 온다. 발길질 사이로 손을 넣어본다.

천천히

나는 천천히 서 있다.
수평을 이해하기 위하여 천천히
먼지로 뒤덮인 소음이 자꾸 벗겨지고
칸나의 배치는 날카롭다.
나는 홀로 팔짱 낀 사람
나에게 잘 들어맞는다면
무기끼리 싸우고 있다면
나는 오늘 무기의 종류가 된다.
어딘가에 합쳐지기 위하여 더 이상 진실해지지 않는다.

나는 반대편에서 천천히 같아 보인다.
물결치는 물을 천천히 바라본다.
물결칠 때 물은 발생하지 않는다.
네가 돌아왔을 때 나는 네가 매듭이 없는 것을 본다.
행간이 없는 것을 본다.
밖이 보인다. 천천히
이 지상에서 나는 낱낱이 굵어진다.
네가 도래하는 이상한 바깥이다.

모든 행동은 사라졌다.
나는 가끔 나가서 움직이지 않는 구름을 본다.
군데군데 공간이 겹쳐지는 곳에서
천천히 굽이치는 벽돌들을 바라본다.
그것은 천천히 멈추고 있는 것이다.
나는 멈추고 나의 수직이 서 있는 것이다.
수평을 하나씩 쪼개며 천천히
나는 천천히 걸어가고 있다.
지금 인간의 착지를 지니고 있는 듯이

우리의 비례

아마도 둥근 도끼는 둥근 장작 더미에 속해 있다.
아마도 둥근 도끼는 폭넓게
부서져 있다.

마루를 세워놓고 마루를 닦는다.
마루를 늘린다.
나타나거라 둥근 마루여
둥근 숨결이여
우리는 단지 마루를 따르는 즐거움
마루의 편이 되어

마루처럼 그저 평평해

도끼를 돌고 돌아
둥근 팔이 떨어져 나가도
아마도 인체의 비례에 늦지 않는다.

비례는 멀리 가지 않는다. 우리는 단지 비례를 따르는 즐거움
우리를 조금 내밀고 서서

'다 왔습니다.'

조각 난 도끼를 대신하기 위해 턱을 들고

우리는 아마도 입을 대지 않고 말하고 있다.

도처에서

도처에서
너는 만들어진다.
당장 만들어진다.

도대체 너는 만들어진다.
그러나

부득이한 줄기

줄기로 자라나는 법을 시행해본다. 줄기로 멀어진다. 덤불을
허공에 던진다.

가축 우리에 눕는다. 우리를 넓게 표시하고 들어가도 좋다. 너
는 우리를 시작하는가 순서를 세어보자.

너는 외출과 구별되지 않는다. 너는 대기의 근육과 평행하다.
어디선가 종료 휘슬이 울린다.

도처에서

너는 비켜선다.
너를 어디에 제출하려는 것이냐

부득이한 실내

너는 단지 한 줄의 낮잠을 추가한다.

거주자들

단 한 차례의 거주자들 몰려드는 거주자들은 흠이 없다. 앞으로
가는 대열은 흠이 없다. 그는 소리를 지르고 아주 널따란 목소리

부르짖는 말들이 공기보다 가볍다. 단 한 차례의 결함이 오기
위해 거주지가 그들을 가리는 곳에서

거주자들은 하나의 거주지처럼 보인다.

걷잡을 수 없이 그가 자라는 것을 거주민들은 본다. 그는 마주
치는 지점이 아니다. 그들은 말문이 막힌 육체가 아니다. 하지만
이 풍토가 멸종의 비유가 아니라면 거주지가 없는 곳에서

거주자들이여
깨어나 거처하라
몸이 어둠으로 덮인 채
어둠을 빠르게 가로질러 간다는 것

그는 어둠 속에서 어둠의 멸시를 이해했다. 거주의 멸시를 이
해했다. 그는 봉인된 자신의 형상을 이해했다. 오늘 도처에서 거

주의 척도가 존재하지 않아서

거주자들은 흠이 없다. 짓밟힌 대열은 흠이 없다.
거주자들은 쇠붙이 몸을 부딪쳐 댄다.

단 한 차례의 결함이 오기 위해
증발하는 대못들처럼

지내는 동안

오늘 하루 종일 서 있었어요
가로로
세로로
두 팔을 벌리고

악명을 얻었어요

비옷을 입을까
토마토를 절개해볼까

지나가는 사람들에게 인사를 해요
인사는 크기가 같은 도형들이어서
숫자들이 도움이 될 거라고 생각해요

두 팔을 벌리고 마치 팔에서 떨어져 나가는
기다란 뱀으로 지내는 거예요
지내는 동안

팔을 던져버리는 거나 다름없어요

모든 것이 한결같아요

마치 팔 위로 일어서는 거 같아요
어디에도 키가 닿지 않아요

아무도 없는데 나 혼자
가로가 되고
세로가 되고

이정록

물뿌리개 꼭지처럼 외

1964년 충남 홍성 출생.
1993년 『동아일보』 등단.
시집 『벌레의 집은 아늑하다』『풋사과의 주름살』
『버드나무 껍질에 세들고 싶다』『제비꽃 여인숙』『의자』『정말』 등.
〈김수영문학상〉〈김달진문학상〉 수상.

물뿌리개 꼭지처럼

물뿌리개 파란 통에
한가득 물을 받으며 생각한다.
이렇듯 묵직해져야겠다고.
좀 흘러넘쳐도 좋겠다고.

지친 꽃나무에
흠뻑 물을 주며 마음먹는다.
시나브로 가벼워져야겠다고.
텅 비어도 괜찮겠다고.

물뿌리개 젖은 통에
다시금 물을 받으며 끄덕인다.
물뿌리개 꼭지처럼
고개 숙여 인사해야겠다고.

하지만, 한겨울
물뿌리개는 얼음 일가에 갇혔다.
눈길 손길 걸어 잠그고
주뼛주뼛 출렁대기만 한 증거다.

얼음덩이 웅크린 채
어금니 목탁이나 두드리리라.
꼭지에 낀 얼음뼈,
가장 늦게 녹으리라.

눈

망치질하다가 보았습니다
못 머리에
십자가 그득했습니다

못을 폅니다
굽은 못의 목덜미마다 칼금 날카롭습니다
빗맞은 순간, 숨통이 눈동자가 된 겁니다

허방에 떠 있던 발끝을 들여다보던 눈입니다
한 번 부릅뜬 뒤로 여닫은 적 없던 눈입니다

녹물은 없습니다
눈물 그친 적 없든지
눈물 한 방울 흘리지 않았든지

못을 뽑다가 알았습니다
잘못 박힌 못, 머리마다
십자가가 일그러져 있었습니다

어머니학교 1

큰애 너두 곧 쉰이다. 눈 밑에

검은 둔덕이 쪽밤만 허게 솟았구나.

눈물 가두려구, 눈알이 둑을 쌓은 겨.

아버지는 그 눈물둑이 얕았어야.

속울음으루 억장 울화산만 키우다

일찍 숨보가 터져버린 겨.

슬플 땐, 눈물둑이 무너져라

넋 놓구 울어라. 본시 남자란 게 징인데

좀 징징거린다구 뉘 뭐라 허것냐?

어머니학교 15

요샌 글이 통 안 되냐?
먼저 달에는 전기 끊는다더니
요번 달에는 전화 자른다더라.
원고료 통장으루 자동이체했다더니
며느리한테 들켰냐?
글 써달란 디가 아예 읎냐?
글삯 제대루 쳐줄 테니께
어미한테 다달이 편질 부치든지.
글세를 통당 주랴?
글자 수루 셈해주랴?

어머니학교 16

티브이 잘 나오라구
지붕에 삐딱허니 세워 논 접시 있잖나?
그것 좀 눕혀 놓으면 안 되냐?
빗물이라두 담구 있으면
새들 목두 축이구 좀 좋으냐?
그리구 누나가 놔준 에어컨 말이다.
여름 내내 잘금잘금 새던디
어디다가 물을 보태줘야 하는지 모르것다.
뭐가 그리두 슬퍼 울어쌌는다냐?
넘의 집 것두 그런다냐?

어머니학교 42

기사 양반,
이걸 어쩐댜?
정거장에 짐보따릴 놓구 탔네.

걱정 마유. 보기엔 노각 같어두
이 버스가 후진 전문이유.
담부턴 지발, 짐부터 실으셔유.

그러니께 나부터 타는 겨.
나만 한 짐짝이
어디 또 있간디?

그나저나,
의자를 몽땅
경로석으로 바꿔야것슈.

영구차 끌듯이
고분고분허게 몰어.
한 사람 한 사람이

다 고분이니께.

어머니학교 44

―곶감 많이 깎았나요?

허리 꼬부라진 어미가 감두 따랴?

―처마 밑 곶감 연등이 보기 좋던데.

해마다 까치밥이 늘어
올해는 통째로 주렁주렁허다야.

―나중에 얼음홍시 따 먹으면 되겠네.

청설모허구 새들이 뭔 예절을 알어서
네 것을 남겨 두것냐?

―걔들은 학교 안 다니나?

대학원까지 십수 년 공부헌 너두 이 모양인디
두서너 해 살다 가는 것들이 뭔 공부를 허것냐?

—아이고, 지가 내려가서 딸게요.

그나저나 올해는
동네 까치들 죄다 변비 걸리것다.

—왜요?

까치 똥구멍 찢어지것다.
명년엔, 까치알 피범벅 되것다.

이현승

느와르 외

1973년 전남 광양 출생.
1996년 『전남일보』, 2002년 『문예중앙』 등단.
시집 『아이스크림과 늑대』.

느와르

끈끈함이란 파리들의 우정이네
같이 밑바닥을 기어본 자들의 것이지
날개가 피부든 손톱이든 간에
그 날갯짓이 경박하든 말든
그것은 떠오르는 데 도움이 되네

밑바닥생활을 벗어나면 곧장 천상인 듯
날개 소리 힘차지만
한낱 파리 날개일지라도
누가 먼저 비상할 때 위험해지는 것이 바닥의 생리라네

바닥을 벗어나면 다른 바닥이 기다릴 뿐
껍딱지처럼 질기게 들러붙은 것이 밑바닥이지
호구에는 천상 고단함이 따르고
피곤은 업종을 가리지 않네

떼인 돈을 받으러 다니거나
밤길 조심해라 딸 예쁘더라
언뜻 들으면 어머니 말씀 같지만

한 번 들으면 문신처럼 새겨지는 말들도 곧잘 한다네

상스러움과 불량기가 필수인 이 장르에서
중요한 것은 리듬인데 어딘지 뽕짝스러운 리듬은
건달들의 걸음걸이에 녹아 있고
흉터투성이의 순정 위에 녹아 있네
건달은 양아치와 다르다는 굳건한 믿음 위에 있네

다정도 병인 양

왼손 등에 난 상처가
오른손의 존재를 일깨운다.

한 손으로 다른 손목을 쥐고
병원으로 실려 오는 자살기도자처럼
우리는 두 개의 손을 가지고 있지.

주인공을 곤경에 빠뜨려놓고
아직 끝이 아니라고 위로하는 소설가처럼*
삶은 늘 위로인지 경고인지 모를 손을 내민다.

시작해보나 마나 뻔한 실패를 향해 걸어가는
서른두 살의 주인공에게도
울분인지 서러움인지 모를 표정으로
밤낮없이 꽃등을 내단 봄나무에게도
위로는 필요하다.

눈물과 콧물과 침을 섞으면서 오열할 구석이,
엎드린 등을 쓸어줄 어둠이 필요하다.

왼손에게 오른손이 필요한 것처럼
오른손에게 왼손이 필요한 것처럼.

* 레이먼드 카버, "괜찮아 너는 아직 서른둘일 뿐이야. 그리고 그건 서른셋보다는
적지."

연루

어느 날 모자가 천천히 자라나
귀를 덮고 어깨로 흘러내리네.

어느 날 신발이 천천히 늘어나
무릎이 빠지고 허리가 잠기네.

삶이 위대한 것은, 항상 가라앉고 있다는 것*
가만히 있지 않고 조금씩 움직인다는 것.

달의 인공호흡을 받고 죽은 것들이 깨어나네.
차고 어두운 거울의 뒤편에서 몸을 일으키는 안개처럼.

몸을 얻는 것은 언제나 삶의 문제인데
의심은 죽은 나뭇가지에 싹을 매다네.

여름의 코는 겨울의 눈이 되어
겨울의 눈은 여름의 코가 되어

어쩌면 더 이상 놀랄 것도 없는 세계에서

바로 자신의 인기척에 놀란 사람처럼

우리는 모자를 쓰고 구두를 신고
완벽한 혼자가 되어 있네.

*장정일

까다로운 주체

당신은 웃는다
당신은 종종 웃는 편인데
웃음이 당신을 지나간다고 생각할 때
기름종이처럼 얇게 떠오르는 것.

표정에서 감정으로 난 길은
감정에서 표정으로 가는 길과 같겠지만
당신이 화를 내거나
깔깔깔 웃겨 죽으려 할 때에도
나는 당신이 외롭다.

도대체가 잠은 와야 하고
입맛은 돌아야 한다.
당신은 혼자 있고 싶다고 느끼면서
혼자가 아니라는 사실을 깨닫는다.

이곳은 어디인가
외롭다고 말하는 눈,
너무 시끄럽다고 화를 내는 입술로

당신은 말한다.
그렇게 당신은 내가 보이지 않는다.

포기를 받아들이는 것만이
삶을 지속하는 유일한 조건이 된다.

나는 웃음이 당신을 현상한다고 느낀다.

부자유친

(불의 나라)

화분의 흙이 말라갈 때마다
나는 우리가 함께 있다고 느낀다.
수분이 빠져나가면서 엉긴 흙덩이,
마침내 잘게 부서질 흙 한 덩이처럼

시선이 머무르는 곳,
보는 것이 만지는 것이 되는 흙덩이 저편
마른 뿌리의 끝을 생각하는 것만으로
목마름을 느끼는 곳으로

내가 한 방울의 오줌도 없이 사막을 지나왔듯
모든 수분을 말리면서 우리는 먼지가 될 것이다.

(물의 나라)

서로를 모른 채 모여 있는 문상객처럼
마침내 우리는 완벽하게 고독해질 것이다.

빗장이 풀려버린 집의 주인들처럼
빈집이 되어 발자국을 보게 될 것이다.

발자국을 남기지 않는 물고기처럼,
나는 물 위에 발자국을 찍으며 길을 걷는다.
빗속에서 나는 더 이상 젖지 않는다.
다만 녹아내리고 있을 뿐이다.

가로수들이 커다란 잎사귀를 늘어뜨릴 때면
나는 우리가 함께 가라앉는 중이라고 느낀다.

우리는 아주 천천히 섞이는 중이다.

굿바이 줄리

죽은 비둘기 한 마리를 본 후로
바깥은 없다.
비 맞는 주검을 보면서부터
마음은 시종 비를 맞고 있다.

칠월엔 모든 것이 흘러넘친다.
토사는 주택가를 덮치고
우듬지까지 뻘로 칠을 한 강변의 나무들.
강이 토한 자리에서 진동하는 바닥의 냄새.

맞은 자릴 또 맞는 사람의 표정으로,
세간은 모두 집 밖으로 나와 비를 맞는다.
집에 앉아서도 비를 맞는 사람 대신
씻다 씻다 팽개쳐 둔 흙탕을
조용히 지우는 것도 빗줄기.

혈흔처럼 씻겨 내려가는 흙탕물을 본다.
훼손되는 범죄현장을 지켜보는 수사관의 심정으로
흔적을 지우는 흔적을 본다.

아픈 자리는 또 맞아도 아프다.
내리꽂히는 빗줄기.
쇠창살 같은 빗줄기.
이제 그만 이곳을 나가고 싶다.

도축의 시간

웃음, 어색한
당신이 내게 했던 말은 이런 것,
"나는 너의 가죽을 원해. 넌 제법 질긴 가죽을 갖고 있군.
너의 웃음이 그걸 증명하고 있지. 게다가 아주 부드러워!"
그때 나는 한없는 감사함과 부끄러움을 느끼며
약간 어색하게, 그러나 계속 웃고 있을 수밖에 없었다.

수박의 표정
목소리에도 표정이 있고, 가령
우리는 수박을 두드리면서 당도를 짐작하는데,
검은 얼굴이 붉어지면 더 검어 보이듯
수박의 표정은 알아차리기 어렵다.
똑똑 두드릴 때 골똘해지는
사람과 수박의 표정.
속으로 붉게 더 붉게 타개지는 웃음들,
겉으로는 붉어서 더 검어지는 얼굴들.

애독자들
아무리 두꺼운 방패일지라도

부끄러움은 손쉽게 뚫어버린다.
나는 지독하게 인기 없는 디제이.
단 다섯 명만이 듣고 있는데도
오만 명이 듣고 있는 것처럼 달아오르는 것.
기껏해야 다섯 짝의 귀가 듣고 있는데
오만 개의 시선이 꽂힌 듯 얼굴이 화끈거린다.
발가벗겨진 것처럼 부끄럽다는 것은
더 은밀하게 사랑받고 싶다는 것일까.

도축의 시간
우리는 천천히 죽어가고 있다.
손끝에서 서서히 빠져나가는 피를 느낀다.
그러므로 내일을 위해서 기도하지 말 것.
고통 없이 죽이는 것이 도축의 자비이며
무표정이야말로 오늘의 예의이다.
간단하지 않은가. 내일 없이 사는 것,
그것이 우리의 삶이고 저항이며
사육에서 정육으로 향하는 붉은 길을
우리는 도축이라고 부른다.

우리는 천천히 죽어가고 있다.
다시 태어나기 위해선 죽어야만 한다.

황성희

개 한 마리의 밀항법 외

1972년 경북 안동 출생. 2005년『현대문학』등단.
시집『앨리스네 집』.

개 한 마리의 밀항법

교차로로 뛰어들던 개의 행운을 빕니다.
필기해도 괜찮습니다.
나는 오늘 아침의 사실을 말합니다.
멸치볶음에 간장 넣지 않았습니다.
통깨는 마지막에 뿌렸고 원산지는 모릅니다.
설탕봉지는 노란 고무줄로 입구를 봉했고
지름이 서로 다른 팬 두 개를 사용했습니다.
아니요, 나는 방사 유정란만 씁니다.
두 개를 사용했지만 깨뜨린 것은 세 개입니다.
나머지 하나는 어떻게 됐을까요.
시간 속으로 모락모락 피가 증발하는 동안
골몰할 유정란 하나는 사치가 아닙니다.
배아를 둘러싼 실핏줄이 비위를 건드린다면
행운을 빌었던 오늘 아침의 개는 아직 교차로에 있습니다.
왜 하필 거기 멈춰 꼬리를 살랑거렸는지 궁금해볼까요.
옆사람 얼굴 쳐다볼 필요 없습니다.
배는 항상 그렇게 얼렁뚱땅 갈아타는 겁니다.
가끔 가족사진 꺼내 보는 것만 잊지 마시길.
멀미가 걱정된다면.

A 양 일과

거실 창으로 쏟아지는 햇빛 좀 보세요. 초록 바닥이 우주처럼 반짝입니다. 바로 송곳을 꺼내나요. 우린 아직 커피가 남았는데. 군더더기 없는 진행입니다. 허벅지에 새로 상처를 내는데요. 빈자리 용케 찾았군요. 무작정 찌르고 후벼 파는 게 아닙니다. 옆에 펼쳐진 노트 보세요. 상처가 완성되는 과정을 꼼꼼하게 기록합니다. 그림도 있어요. 출판을 생각할까요. 과대평가는 금물입니다. 서랍 정리나 욕실청소보다 나을 것도 없어요. 하루를 보내는 방법은 제각각이죠. 송곳 멈추고 예전 기록 살피는데요. 상처를 대조합니다. 모양의 중복을 피하겠지요. 오늘이 어제 같으면 안 된다나요. 휴식시간에는 뭘 합니까. 전쟁다큐를 봅니다. 오리지널에 대한 동경 같은 게 있어요. 상처에 관한 아이디어도 얻고요. 한번은 불타는 상점에서 물건 약탈하다 카메라 보고 윙크하는 수십 년 전 이국 소년에게 스톱모션 걸고 물컵을 던지더군요. 물은 튀기지만 간지 나는데요. 외출합니다. 저 다리 갖고 놀이터 가네요. 첫 회부터 그건 일관성 있어요. 가스검침 추가됐어요. 택배기사 방문 삭제됐고요. 저런 허벅지 목격한 얼굴치고 건조하다 싶었지요. 일기에 썼던 대로 하드 먹던 애들이라도 다가와야 할 텐데요. 야쿠르트 아줌마도 나쁘지 않아요. 근데 요즘은 이런 텍스트뿐입니까. 호주머니의 유행 때문이죠. 빈주먹 하나로 순식간에 불룩한 궁금증을

만드니까요. 하지만 이렇게 유혈 낭자해 놓고 원인이 없다면, 전
별 세 개 드립니다. 가만, 이쪽 보고 윙크하는데요. 우리 보고 물
컵이라도 던지라는 걸까요. 설마요. 어디선가 날아와주겠지요. 어
제처럼.

행복한 콩팥

네 껍질 깎아줄 생각 없어. 사과 노릇 그만두는 게 어때. 꼭지 떼고 딸기처럼 먹어주지. 퉤퉤 씨 뱉으며 수박처럼. 껍질 축 늘어뜨린 채 바나나처럼. 속 박박 긁어내고 참외처럼. 이 사이로 자근자근 포도처럼. 침 묻은 씨 땅에 심을까. 주렁주렁 열리는 다음 세계의 얼굴. 가지마다. 나무마다. 너만 네 옆의 너를 몰라보지. 대물림 되는 사과의 비밀. 손님들 모두 돌아가고. 네게 꽂힌 포크 뽑아낸다. 베물다 만 잇자국 도려내다 말고 물끄러미. 왜 모르겠니. 아무것도 아닌 채로 한 시간만 거울 앞에 앉아 있으면. 개수대 던져진 포크 다시 꼽고. 접시 위로 납작 엎드리고 싶은 심정. 이름 모를 입속으로 사각사각 사라지고 싶은. 아무것도 아닌 채로 한 시간만 거울 앞에 앉아 있으면. 어머니 왜 그렇게 사랑의 매 때리시며 날마다 어머니가 되려 하셨는지. 미치게 알 것 같아. 무당벌레 무심한 발에 팍삭 터져도 이것 봐 무당벌레다! 불러주는 아이들 때문에 좋아죽었던 것처럼. 콩팥 다 뭉개졌어도 그 콩팥 행복할 거야. 아무것도 아닌 채로 한 시간만 거울 앞에 앉아 있으면. 꿈보다 분명한 전쟁 속에서. 총 맞고 터진 눈알 방바닥을 굴러도. 눈알은 눈알이라서 행복할 거야.

서랍 꾸미기

문을 열자 그들은 화부터 낸다. 집 찾기 쉬운 것이 왜 내 잘못인가. 신발도 벗지 않고 들이닥친 무례. 나야말로 화가 나야 하는데. 80번의죄책 목덜미 문신. 다들 약속이나 한 듯. 전성기 하나씩 깊이 새긴 채. 60번의혁명 피 묻은 맨발. 책가방 깔고 앉아 장롱 속에서 망을 본다. 자네말고세든사람더없나. 기미년의서대문 해진 버선발로 방마다 기웃거린다. 화장실좀씁시다. 군화 먼지 털어내는 50번의용사. 엄마가좋소?아빠가좋소? 뱃사람 분장한 공작원 마이크를 내민다. 걸레 쥐고 더듬더듬하는 사이. 첫회부터제대로본게없군. 70번의고속도로 식탁 위 땅콩 한 움큼 집어들고. 선배를몰라보시겠다. 6월의광장 넥타이 고쳐 매며. 다음엔 좀더어려운발을가지게. 45번의만세 내 구두에 침을 뱉는다. 올 때와 마찬가지로 화를 내며 사라진다. 발자국도 당장 가져가라 하고 싶지만. 빨래건조대 목맨 아버지는 왜 건너뛴 걸까. 내가 연출한 게 아니라고 생각한 걸까. 책상서랍 보여주려 했는데. 은박지 공 물어보면 수첩 속 말린 나비 말해주려 했는데. 검은 조개껍질 물어보면 필통 속 어금니까지 말해주려 했는데. 뚜벅뚜벅 사라진다. 감쪽같이 없는 사람 만들어놓고. 기꺼이 목 내주신 아버지만. 그런데 발자국들. 서랍에 붙여놓으니 어울리긴 한다.

쇠사슬 토끼 수법

쇠사슬에 목이 매인 채 버려진 토끼
가끔씩 녹차 물병이 거꾸로 놓이는 창가
어두운 냄새를 곤추세운 낡은 부츠
쇠사슬을 끊기 위해 토끼를 버린 것일까
토끼를 버리기 위해 쇠사슬을 끊은 것일까
한 번 쓰고 버린 시선들
창밖에 엉겨 실내를 응시한다
대리석 위 열쇠들 개폐의 사연 숨긴 채
핑크 비즈가 처음 눈알 되던 날의 검은 스티치
아까부터 눈은 사과의 위치에너지로 내려덮는다
어항 속 지느러미 훑고 지나간 자리마다 비늘자국
손목을 오르락내리락하는 얇은 결심들
킹크랩의 집게발 둥근 라이트를 움켜쥐고
햇빛 속 사실로 드러난 그림자를 뒤쫓는다
그리고 나는 저녁 내내 오전 속으로 무언가를 숨긴다
줄넘기하는 운동화 풀린 끈이 바닥을 내려치는 동안
화장대 위 머리카락이 선풍기 바람에 떠다니는 동안
모두를위해몸의물기를닦고나옵시다를 읽는 동안
자동으로 분사되는 천장의 피톤치드를 들이마시는 동안

눈은 또 아이들이 굴리는 눈덩이 속으로 무언가를 숨긴다

사이클
—사실을 이야기하는 클럽

k가 봤다는 산지직송 꿀배 한 상자 오천 원. 고려자동차운전학원 정문 앞 인도라고 한다. a는 오늘만 오천 원인지 원래부터 오천 원인지 앞으로도 오천 원인지를 지적한다. b는 꿀배의 정의에 주목한다. c는 당도의 문제라고 한다. d는 꿀배는 순수 주관의 영역으로 검증대상이 될 수 없다며 c와 대립한다. e는 꿀배는 공급자와 소비자 간 양심에 달렸다고 한다. f는 양심보다 윤리학이라고 하고 g는 아무리 꿀배라도 돈이 없으면 그림의 떡이라고 한다. h는 사과처럼 꿀배도 취향일 뿐이라고 한다. I는 트럭을 못 보고 지나친 누군가에게 꿀배는 소문에 불과하다고 한다. j는 본래 트럭이 빠져나간 자리에 대신 들어선 유사 트럭의 정체성을 묻는다. l은 오천 원이 싸다와 동의어가 될 수 있는 조건을 따진다. 이때 m은 신천대로 방향으로 갈 수 없는 것에는 이륜차, 자전거, 손수레, 우마차가 있다는 예시를 제시한다. 신천대로 방향에서 논란이 예상되지만 산지직송 꿀배 한 상자 오천 원보다는 쉬운 사실이라는 데 대부분 동의한다. 꿀배를 직접 먹어보기 전에는 모두 거짓말이라는 t의 볼멘소리는 언제나처럼 건너뛴다. k의 꿀배를 믿으려면 k가 사실인지부터 증명하자는 s의 말을 끝으로 우리는 자리에서 일어선다. 그것이 모임의 엔딩사인이라는 것은 사이클 내 공공연한 비밀이다.

고체 수박

도마 위에 얼굴 올려놓고 반으로 자른다
부끄러운 쪽일수록 발갛게 잘 익었다
뿌리도 근원도 없는 딱딱한 죄책감
혀로 잠깐 감쌌다가 도로 내뱉는다
오감 믿는 재미에 도낏자루 썩어난다지만
믿으면 묵념해야 하고 묵념하면 조기 달아야 하고
눈 속에 평생 눈알 갇힌 채로 두리번거려야 한다
책에서 오린 반성 식탁에 올리는 오기는
광복절 유혹에 대처하는 용기
수박의 물질성을 고집하는 이웃은 있다
입에 고인 단물에 파리가 꼬이는 과정의 증명
솔깃하지 않고 나머지 얼굴을 파내 먹는다
난 이런 고통밖에는 만들 줄 모르니까
숟가락 든 손은 전체일 수도 부분일 수도 있지만
어떤 우주에서는 나의 이름이 지금처럼 발음되지 않듯
모가지만 남은 내가 비틀거리며
빈 접시에 포크 들고 개수대로 향하더라도
고양이를 두려워하는 이 세계의 나를 믿지 않는 건
언제나 쉬워야 한다

황인숙

눅눅한 날의 일기 외

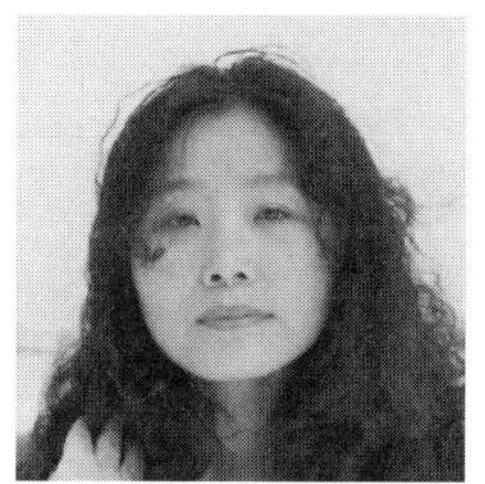

1958년 서울 출생.
1984년 『경향신문』 등단.
시집 『새들은 하늘을 자유롭게 풀어놓고』 『우리는 철새처럼 만났다』
『나의 침울한, 소중한 이여』 『자명한 산책』 『리스본行 야간열차』 등.
〈동서문학상〉 수상.

눅눅한 날의 일기

문밖으로 빼꼼 고개를 내밀고 둘러본 뒤
속옷 바람으로 총총 계단 네 개를 내려가
신문을 집어왔네
눅눅한 뉴스를 전하는
오후의 조간신문

멀리 가까이 눅눅한 뉴스들
늘 쾌청, 인심 후한 내 어르신 친구도
증권이 반 토막 나 상심해 계시고
다른 친구들의 이런저런 불행도 해결책은 결국 돈!

답답해서 유리창을 열러 가니
이미 열려 있네
간유리처럼 뿌연 하늘
또 비가 오려나 보네
모두들 눅눅한 소금인형

신문의 오늘 운세난을 보니 문서운이 있다는데
이리저리 생각해봐도 가진 문서라고는 로또뿐

상상만 해도 뽀송뽀송해지네
구명조끼를 입은 소금인형처럼.

못다 한 사랑이 너무 많아서

하얗게
텅
하얗게
텅
눈이 시리게
심장이 시리게
하얗게

텅
네 밥그릇처럼 내 머릿속
텅

아, 잔인한, 돌이킬 수 없는 하양!
외로운 하양, 고통의 하양,
불가항력의 하양을 들여다보며

미안하고, 미안하고,
그립고 또 그립고
못다 한 사랑이 너무 많아서

따끈따끈 지끈지끈

나, 나나, 나, 나나, 나, 나나, 나
사과가 썩어간다
사과들이 썩어간다
식탁 위에 썩은 사과와 썩어가는 사과들
하나는 경지에 이르러
고무공처럼 부풀었다
바닥에 던지면 탕!
튀어 오르는 대신 탁!
터져버릴 지경
그 사과는 이미 냉냉해졌다
나, 나나, 나, 나나, 나, 나나, 나
두근두근, 조곤조곤
사과가 썩어간다
사과 일곱 개를 한자리에서 먹어치우기도 하는 난데
이 사과들을 왜 썩혔나
사과를 먹을 기운도, 기분도 없었달밖에
열흘, 보름, 사과는 기다렸을 터
더 이상 기다릴 거 없다고 생각한 순간
썩기 시작했을 터

더 이상 떨어질 데가 없다고
생각된 그 순간
내가 열이 나고 병이 난 것처럼
나, 나나, 나, 나나, 나, 나나, 나
신나게 썩어간다 부단히 썩어간다 따끈따끈 썩어간다
나날이 속수무책
썩은 사과 한 무더기
썩어도 사과, 시 한 편하고라도 바꿔야지
나, 나나, 나, 나나, 나, 나나, 나

떨어진 그 자리에

여기 있었구나!
한참 찾아도 보이지 않더니
떨어진 그 자리에 있었구나
데굴데굴 굴러갔을 경로를 따라
요리조리 머리를 굴렸었는데
화장수 뚜껑
떨어진 그 자리에 있었다
얼른 집으려다
그대로 두고 가만히 본다
지난가을 늦은 밤
후암동 종점에서 본 노란 고양이
문 닫힌 가게 앞에
가만히 엎드려 있었지
몸집은 커다랗고 온순한 고양이였지
풀 죽은 얼굴을 가만히 들고
하염없이 찻길을 지켜보았지
누군가 차를 몰고 지나가다
그 자리에 떨어뜨리고
쌩하니 가버렸나봐

나는 몹시 지쳐 있었어
한 아가씨가 가엾어하며
고양이 머리통을 쓰다듬는 걸 보고
집으로 와버렸지
무거운 발걸음으로
그리고 곤두박질치듯 잠이 들고
퍼뜩 깨니 동이 트고 있었어
가책에 싸여 달려갔을 때
고양이는 없었어
고양이 밥 한 움큼만
내가 놔둔 그대로 남아 있었지
언제까지라도
떨어진 그 자리를 지킬 고양이였는데
어떤 모진 발길이 쫓아버렸을까
부디 그 아가씨가 데려간 것이기를!
아, 나도 떨어뜨려버린
그 고양이.

몽롱한 홍수

흘러라, 눈물이여
비야, 쏟아져라
어제도 그제도 그끄제도
그리고 오늘도
줄창 비가 오고
걷잡을 수 없이 눈물 흘러
모든 것 물에 잠겼네
모든 것 몽롱하고 영롱해졌네
물 위에 모닥불 지피고
빨랫줄 한가득 빨래를 너네
이제 머리를 감은 뒤
귀 막고 음악을 들을 테야
젖은 확성기가 속삭이는
내 머릿속 이상한 음악을

깊은 물 속 저 아래 땅에 사는 땅돼지
이따금 첩첩첩
옛 세상 안부를 전하네.

슬픈 家長

엄지 검지 중지
세 손가락 세워 보이며
울 듯한 얼굴을 하곤 했다고
가슴 미어지게 슬픈데
브레인 캔서 때문에
눈물도 못 흘리던 형부
마지막까지 손가락 세 개
아내와 두 아들 걱정

일찌감치 자식 두고 일찌감치 은퇴해
유유자적 지내는 동창이 부러워
자기도 하루 빨리 은퇴하고
낚시나 다닐 궁리를 했었는데
병으로 퇴직한 뒤
온갖 신문 뒤적거리며
먼 지방 구인광고까지 오려놓았다고

철 지난 바닷가

나도 일요일을 사랑했었죠
바캉스를
아주 아주 사랑했었죠
당신 나이에는 그랬더랬죠
그런데 이제
휴일이 별나지도
대수롭지도 않아요
이제 조용한 바다가 좋아요
사방에서 날아온 나뭇잎들이
좌충우돌하다 매미떼를 따라 휩쓸려 갈
태풍 지난 뒤에나 바다에 가보겠어요
일요일들과 바캉스들을 가라앉힌
바닷가를 찰방찰방 거닐어보겠어요
발가락 새로 바닷물과 모래가 들락거리겠죠
하늘에선 햇빛이 들락거렸으면 좋겠어요
흰 구름 뭉게뭉게 피어올랐으면 좋겠어요
구름의 반그림자 속에서
당신과 만날 수도 있겠죠.

역대 수상시인 근작시

망명 외
장 석 남

휠체어와 춤을 외
나 희 덕

죽은 이의 평화 외
진 은 영

장석남

망명 외

ⓒ 백다흠

1965년 인천 덕적 출생. 1987년 『경향신문』 등단.
시집 『새떼들에게로의 망명』 『지금은 간신히 아무도 그립지 않을 무렵』 『젖은 눈』
『왼쪽 가슴 아래께에 온 통증』 『미소는, 어디로 가시려는가』 『뺨에 서쪽을 빛내다』 등.
〈김수영문학상〉 〈현대문학상〉 〈미당문학상〉 수상.

망명

어둡는데
의자를 하나 내놓으면
어둠 속으로 의자는 가겠지
어둡는데
꽃 핀 화분도 하나 내놓으면
어둠 속으로 꽃도 잠겨가겠지
발걸음도 내놓으면 가져가겠지

어둠은 그렇게 식구를 늘려서 돌아가
어둠을 오가는 넋에게도 길 닦아주고
견고한 잠속에는 나라를 세우고 나머진
빛으로 돌려보낼 터

어둡는데 길을 나서면
한 줌 먼동으로 돌아올 터

어둠에 살을 준다
사랑에 살을 준다

가라앉는 발자국들

언 호수에 눈 내려 흰 광장인데
누군가 가로질러 걸어간 발자국
덜컹 내려앉는 가슴
저만치 갈수록 수심水深은 깊겠고
망설임도 깊어졌으리
새는 제 발자국 걷어 날아오르지만
저 무게로는 날아오르지 못했으리
제 발걸음 속으로 꺼져 들어갔을까?
깨우침처럼
깨우침처럼

고요히 건너편에 닿았을까?
뒤돌아선 발자국은 없다
왜 저 두려움 위를 걸어갔을까?
그 심정을 나는 한 두어 뼘쯤은 알기에
펄럭이며 바람 속을 더 걷는다
또다시 눈이 내리고
발자국은 곧 속절없이 눈 속에 묻혀
발자국끼리만 다정히 가라앉는다

망설임끼리만 다정히 가라앉는다
물이 되는 발자국들

돛을 단 발자국, 물결 위에 나타나리

무쇠솥

그릇 상점
수만 종류 그릇의 달그락거림과 반짝임의 축제 속에서
무쇠솥을 하나 사 몰고 왔다
—꽃처럼 무거웠다
무쇠솥을 솔로 썩썩 닦아
쌀과 수수와 보리를 섞어 안쳤다
푸푸푸 밥물이 끓어
밥 냄새가 피어오르고 잦아든다
그사이
먼 조상들이 줄줄이 방문할 것만 같다

별러서 무쇠솥 장만을 하니
고구려의 어느 빗돌 위에 나앉던 별에게나 간 듯
큰 나라의 백성이 된다

이 솥에 닭도 잡아 끓이리
쑥도 뜯어 끓이리
푸푸푸, 그대들을 부르리

냉이야 냉이야

바지게라는 걸 알아?
거름도 내고 고구마도 나르는,
아이도 태우지…… 진달래꽃도 꽂고
싸리나무로 엮은

나라는 걸 알아?
양심도 져다 버리고 죽음도 실은(載),
가면 속의 나
늙은 어머니가 성글게 엮어놓은,
하느님의 명을 따라 이제
풀리는

새 가죽구두 신은 구름을 알아?
물집 잡힌 그림자 쓰리디쓰린,

냉이야 냉이야
장한 냉이야

탱자 향기

두 다리 오그리고
손은 모아 가슴에 붙이고
눈 감아 귀뚜라미 개금불사改金佛事 듣는다
'이제 탄식은 없어
벌써 늦가을이야'
탱자 향기

오솔길로
가면 거기
나오는 나라
깨금발로 나오는 나라

들판에서

이제 들판에 오래 서 있을 수 없습니다
이제 들판에 오래 서 있을 수 없습니다
들판처럼 되지 않습니다

산기슭에도 오래 앉아 있을 수 없습니다
산기슭같이 되지 않습니다.

마음이라는 것이 있는 건가요?
진짜 마음이라는 것이 있는 건가요?

들판에도 산기슭에도 오래 있을 수 없는데
마음이라는 게 있는 건가요?

불빛도 있고 물소리도 있지만
가야겠습니다

겨울 꽃밭에서

꽃밭에 꽃 피어나는 소리가 들리는 걸
귀를 가지런히 모으고 또 두 눈도 한참씩 감아가며
듣고 있노라니
꽃이여,
꽃이여, 하고 부르게도 되는군요
꽃이여, 피어오는 꽃이여,

꽃은 꽃밭에만 있는 것이 몹 섭었던가
그 빛깔과 향기와 웃음을
내 귀에까지 또 더 먼
먼 나라까지도 보내었군요
하여 하늘은 고등어처럼 푸르고요

그 곁에서
고스란히 듣고 보고 앉은
저 바윗돌의 굳고 정한 표정도
겸허히 바라보게 되는군요

꽃들이, 또 저 바위가

우리의 이름을 한 번씩, 천천히, 또박또박 부르는 듯도 하여
조금 더 단정한 자세를 하지 않을 수 없군요
그것을 해마다 새롭고 새롭게 하였으리니
꽃 피는 꽃나무들 밑뿌리 뻗어가는 소리까지
우리 귀와 눈은 따라가서
꽃이여,
꽃이여, 부르면서 그 위에
처음 솟는 웃음을
몇 바가지씩 맘껏 쏟아부어줄
기도를 갖지 않을 수 없군요

나희덕

휠체어와 춤을 외

1966년 충남 논산 출생. 1989년 『중앙일보』 등단.
시집 『뿌리에게』 『그 말이 잎을 물들였다』 『그곳이 멀지 않다』
『어두워진다는 것』 『사라진 손바닥』 『야생사과』 등.
〈김수영문학상〉〈김달진문학상〉〈현대문학상〉〈소월시문학상〉 등 수상.

휠체어와 춤을

그래요.
그건 차라리 울음에 가까웠어요.
당신의 발도
흑인가수의 노랫소리도
흙 묻은 신발을 벗듯 울음을 털고 있었죠.
스텝을 배운 적은 없지만
휠체어에 앉은 당신에게 손을 내밀었을 때
당신은 노련한 선장처럼 웃었지요.
세상의 파도란 파도는 다 겪어본 듯한
고요한 얼굴,
음악이 다시 시작되고
우리의 발은 바닥을 울리며 번져갔지요.
찢어진 땅을 꿰매는 풀처럼
갈라진 파도를 합치는 바람처럼
한 움직임이 다른 움직임을 데려왔어요.
우리의 팔이 가까워질 때마다
당신은 땀에 젖은 얼굴로 지옥에서 돌아오고
우리의 팔이 멀어질 때마다
당신은 먼 천국에서 웃고 있었지요.

아주 작고 둥근 바퀴가

당신의 두 발을 대신해 돌곤 했어요.

낯선 우리를 태운 방주는 아주 멀리 도망갔지요.

그래요.

그건 차라리 울음에 가까웠어요.

당신이 가르쳐준 스텝은.

울음이 흘러가는 길을 따라 몸을 흔들면

그대로 춤이 되던 그날의 기억은.

바다 저편

당신은 아직 춤을 추고 있을까요.

오늘은 어떤 파도가

무대 앞의 당신에게 손을 내밀었나요.

나를 열어주세요

옆구리에 열쇠구멍이 있을 거예요.
찾아보세요. 예, 거기에
열쇠를 꽂아주세요.
아니면 태엽이라도 감아주세요.
여기 계속 서 있는 건
아무래도 너무 힘든 일이라는 생각이 들어요.
몇 걸음이라도 걸어야 살 것 같아요.
열쇠를 찾을 수 없다구요?
당신의 길고 가느다란 손가락이 있잖아요.
손가락보다 더 좋은 열쇠는 드물죠.
때로는 붓이 되기도 하고 칼이 되기도 하는 손,
지문의 소용돌이를
열쇠구멍의 어둠 속에 가만히 대보세요.
아, 드디어 열렸군요.
이제 구멍 밖으로 걸어갈 수 있겠네요.
태엽을 넉넉히 감아주세요.
염려하지 마세요, 곧 돌아올 테니까요.
내 구두에는 스프링이 달려 있어
통, 통, 튀어 올랐다가 이내 가라앉고 말지요.

혹시 돌아오지 않는다면
눈먼 돌부리에 걸려 넘어진 줄 아세요.
당신의 인형이라는 것도 잊은 채
땅에 코를 박고 허둥거리고 있을지도 몰라요.
다시 일으켜줄 어떤 손을 기다리면서, 처음인 것처럼.

당신과 물고기*

아가미를 자세히 들여다보세요
아가미가 팔딱거릴 때마다
물고기의 표정이 조금씩 변한답니다
아, 당신에게는 정교한 턱이 있군요
딱딱한 것을 씹을 수 있고
수천 가지 표정을 만들어낼 수 있는
진화의 결정적 흔적 말이에요
삶이라는 질긴 고기를 질겅질겅 씹으며
이빨을 드러내 보이는 당신,
하지만 물고기의 가시와
당신의 등뼈가 크게 다르지 않다는 걸
실은 당신도 잘 아시잖아요
물에서 뭍으로 옮겨 오기까지
당신의 종족은 꽤 오랜 시간을 기다렸지요
팔과 다리 없이도
지느러미가 지느러미를 만지던 걸 기억하나요
잘 생각해보세요
웃을 때 파도 소리가 나는 것은
당신 안의 물고기가 지느러미를 파닥였기 때문

화가 날 때 앞이 잘 보이지 않는 것은
당신 안의 상자해파리가 눈을 톡 쏘고 달아났기 때문
그토록 목이 마른 것은
당신 안의 물고기가 물 밖에 있기 때문
그런데도 당신은 끝내 기억해내지 못하는군요
아가미와 지느러미의 시절을

* 닐 슈빈의 『Your inner fish』 참조.

불투명한 유리벽

아침에 눈을 뜨는 순간 찰칵,
네 얼굴이 켜졌어
누가 기억의 스위치를 누른 것일까

그러나 이내 네 얼굴은 꺼지고
사방에서 깨진 유리알갱이들이 모여들었지

네가 쓰다 만 페이지,
자동차 바퀴가 멈춘 곳에서 유리벽은 자라나
점점 불투명해지고 단단해졌어

새소리가 나를 일으키지 못하고
눈부신 햇살도 유리벽을 뚫고 들어오지 못하는
아, 여기는 어디일까
난파된 배처럼 가라앉는 아침

거기 춥지 않아?…… 어둡지 않아?…… 무섭지 않아?

성에 낀 유리벽을 향해 하염없이 중얼거렸지

까마득한 곁에 누운 너를 향해

감긴 네 눈을 다시 감겨주고
닫힌 네 입술을 다시 어루만져주고
굳은 네 손과 발을 다시 쓸어주고
식은 네 가슴에 흰 꽃을 다시 놓아주듯이

그렇게 몇 시간을 누워 있었을까

간신히 몸을 일으켜 욕실로 갔어 물을 틀었어
뜨거운 물이 몸을 적시며 흘러내리고
성에 낀 유리벽이 천천히 녹아내렸어 희미한 네 얼굴처럼

피부의 깊이

마치 잠이 든 것 같았다 너는
확신에 찬 꿈을 꾸면서
어디 먼 곳을 날고 있는 것처럼 보였다

그러나 네 눈과 뺨과 팔과 다리를 쓸어내리니
손끝을 파고드는 냉기가
싸늘한 돌멩이를 만지는 것 같았다

피부란 얼마나 깊은 것인가

네 삶을 봉인한 자루 속에서
다른 세계의 빙산이 떠다니고 있었다
그 침묵의 벽을 탕 탕 쳐보아도
단 한 마디 메아리도 돌아오지 않았다
뜨거운 눈물을 흘려보내도
단 한 줄기 물도 녹아내리지 않았다
나사로여, 일어나 걸으라, 걸으라, 아무리 소리쳐도
단 한 걸음도 움직이지 않았다

너를 만진 손으로 내 얼굴을 감싸쥐었다
희로애락으로 출렁거리는 표면,
오직 너의 잠든 얼굴만이 잔잔하였다

아, 피부란 얼마나 깊은 것인가

흑과 백

흑은 백을 옆구리에 끼고 걸어가다가
담장에 비스듬히 세웠다
사다리가 된 백은 무표정해졌다
흑은 다리를 번쩍 들어 사다리를 오르고
백은 흑의 신발에 묻은 흙을 지금지금 삼켰다
흑이 담장 너머를 바라보는 동안
백은 기어다니는 개미들을 세는 데 열중했다
개미 몇 마리가 사다리를 타고 올라오기도 했다
담장 너머에 무엇이 있어?
그러나 흑은 아무 대답도 하지 않았다
흑은 다시 백을 옆구리에 끼고 걸어가다가
강가에 이르러 백을 물에 띄웠다
뗏목이 된 백은 흑을 태우고 강을 건넜다
백의 등에는 강물이 점점 스며들었다
강 저편에 무엇이 있어?
그러나 흑은 아무 대답도 하지 않았다
강을 건너고 나서 흑은 백을 나무에 비스듬히 세웠다
조금씩 말라가며 백은 표정을 되찾았다
이번에는 사다리가 되지 않았다

우리는 또 어디로 가지?
백이 우리라는 말을 쓴 것은 처음이었다
그러나 흑과 백은 알고 있었다
그들이 회색의 점토가 될 수는 없다는 것을
무엇이든 될 수 있지만 결국 아무것도 될 수 없다는 것을
흑은 다시 백을 옆구리에 끼고 걸어가다가
붉은 벽돌집 앞에 멈추었다
백은 알고 있었다 이번엔 문이 될 차례라는 것을
그래서 붉은 벽의 일부가 되었다
흑은 백의 손잡이를 천천히, 아주 천천히 잡아당겼다

그날의 불가사리

너는 살아 있을 때 보랏빛이었지.
물결 속에서 빛나던 별,
너는 쇠를 먹고 자란다는 이야기를 들었지.

온몸이 팔로 이루어진 너는
팔이 잘리면 다시 돋아난다고 했지.
어떤 무기로도 죽일 수 없다고 했지.

어느 날 해변에 밀려든 불가사리떼,
부드럽게 유영하던 너는
빛을 잃은 별처럼 모래 위에서 시들어갔지.
햇빛에 닿는 순간부터 딱딱해져갔지.

우리는 네 피가 마르기 전에
구멍을 뚫어서 목걸이를 만들었지.
모래로 빚은 너의 무덤,
우리가 갖고 놀던 별은 모래 속에 던져졌고
하늘의 불가사리는 더욱 빛났지.

불가사리라는 불가사의가 사라진 해변,
그날의 불가사리는 어디 있을까?

희고 달콤한 모래 속에?
천장이 없던 기억의 창고 속에?
우리가 물을 긷던 그 섬의 우물 속에?
멀리 반짝이는 별들의 노래 속에?

진은영

죽은 이의 평화 외

1970년 대전 출생.
2000년『문학과 사회』등단.
시집『일곱 개의 단어로 된 사전』『우리는 매일매일』.
〈현대문학상〉 수상.

죽은 이의 평화

신선한 보릿단 위에 앉아
금화더미에 앉은 도둑처럼, 모리배처럼
나는 흐뭇해지리

호명할 수 없는 기억들에
잔뜩 취해 달은 엎질러진 은빛 술잔 같다

이끼와 산딸기의 장난스런 발가락이
내 것 아닌 세월들로
나의 동그란 백골을 두드리리

덩굴손들이 자색 향기와 열매를 가득 들고
서둘러 심부름 가는 아이마냥,
내 적막한 침묵을 지나쳐 다른 계절로, 또 다른 술가게들로 들
어간다

성품이 온유한 안개의 느린 암소만이
축축한 혀로
말라 죽은 나무와 건물의 불결한 창을 핥는 거리

아무도 기억할 것 없는 골목들이,
기록도, 통곡도 없이 어둡게 늙어가는 벽의 주름진 입가,
희미한 어제와 그제들, 가루처럼 바스러진 해年들의 뼈다귀, 바
지의 해진 무릎이,
다 스미어

밤은
살찐 흑인 나부처럼 아름답고 부드럽다
나는 가벼운 손을 뻗어
그녀 품에서 죽어가는 이의, 아직 따듯하고 취한 몸속으로 들
어가리

너의 입술이
겨울의 한가운데로, 고장 난 창문처럼 활짝 열린다면

나는 죽음의 신선한 보릿단 위에 누워
금화더미 위에 누운 도둑처럼,
진실의 모리배처럼 흐뭇하리

폭풍에 날아가는 빨간 지붕처럼 활짝 열린다면
　　　　　　무방비의 하늘은 내 얼굴 위로 천천히
　　　　　　내려오고
다만, 너의 입술이……

후크

나는 애꾸눈이었어요.

한 개의 눈동자만으로 세상은 출렁거리며 아름다울 수 있었죠.

모래 위에 세운 집 유리창을 노크하듯 당신이 내 눈동자를 가볍게 두드린 뒤

모든 게 달라졌어요.

기쁨의 눈꺼풀과 슬픔의 눈꺼풀이 한꺼번에 떠졌어.

이곳에선 초점이 맞지 않아요.

장미 꽃송이는 붉은 행성처럼 커다랗고 잎사귀는 고대의 푸른 동전 모양으로 달렸어요.

바늘구멍마냥 벌새보다 작은 목젖에서

천 개의 달이 질 때 들려오는 악공의 명주실 같은 탄식이 흘러나와요.

양떼구름과

슬픈 공장과

모과나무가 꿈벅거릴 때 누런 눈곱들

배에서 내려 만난 뭍의 동물은 은빛 두더지들. 처음에 그들은 철학자처럼 보였어요.

늘 단단한 바위 위에서 시작하니까요. 사실은 폐광촌의 폐병장
이 광부들인지도 몰라.
　그들이 토하는 자줏빛 피로 산의 검은 천공穿孔이 쿨럭거려요.
　짚더미에 묻어둔 잘 말린 생선 조각들과 내 심장이 홍수에 떠
내려가요.
　어제 죽은 사람의 목소리가 차가운 뱀처럼 내 귓속으로 기어들
어왔죠.
　하루의 해골이 엉성한 이빨을 부딪치며 내는 소음 속에서도
　지워지지 않고 다가오는 시계 소리처럼.
　이 모든 걸 아세요?
　나는 부드러운 인내심으로 잘 견디고 있다구요.

　구름 공장과
　슬픈 양떼와
　모과나무가 꿈벅거릴 때 누런 눈곱들

　어린 시절의 도망치는 푸른 꽁무니를
　하늘거리는 물결의 옷자락을
　인광의 빛나는 망설임을 붙잡을 수 있다면

　　나의 과거가 내게 고개를 끄덕이는 흰 물개처럼 온순해질 수
있다면
　　사형수의 번호를 부르는 형리의 잔혹하고 명랑한 마지막 입술
처럼
　　그저 당신을 따라다닐 수 있다면, 나의 피터팬

　　구름 나무와
　　양떼공장과
　　슬픈 모과가 꿈벅거릴 때 누런 눈곱들

　　너무 오래전에 배에서 내렸어요.

축하해

─B에게

노력한다면
나의 남은 삶도 고장 낼 수 있을지 모르는 법

약속은 신선한 달걀처럼 깨질 것이다
빨갛게 달궈진 프라이팬이 아닌 다른 곳에서

나는 익기를 기대하지 않는다
달콤한 과육이 아니라 찢어진 폐지에 영혼의 씨앗을 둘둘 말아
놓았으므로

말해줄래? 슬픔이나 분노 따위도 배울 수 있다고.
잘 차린 식탁 앞에서의 예절처럼

한낮의 태양 아래서
제 불꽃의 열기로 녹아내리는 흰 양초 같은 네 영혼을 본다
조금 더 어둡다면 널 위해 참 좋을 텐데

너를 홀로 잉태되고 혼자 태어난 빛의 아기라고 부를게
누군가 약간의 '어둠'이나 '성냥'처럼 친애하는 단어 몇 개를

네게 가져다준다면

밀가루에 핏방울 튄 것 같은 꽃들
피딱지처럼 굳어가는 여름을 지나
금귤이 수십 개의 달처럼 달린 가을밤 정원에 도착할 때까지

너는 아무것도 먹지 않고 자라나서 달려온 사람 같아
오직 사랑을 먹으려고

사람들은 물질 대신 불변하는 유물론을 만드는 데 열중하지
　너와 나는 말을 하면서 손찌검을 당하면서 연인에게 입을 맞추
면서
　이 모든 일들로 우리가 일 그램을 낭비하는 물질이라는 걸 보
여줄까?

허공의 보자기 하나로 녹색 비둘기나 선홍빛 칸나를 만드는
단순한 마술사처럼 눈 깜짝할 사이

그리고 가끔

나는 과일바구니처럼 구멍이 가득 뚫린 너의 시집 속에
담겨 있기도 한다
가지에서 떨어진 뒤에도 익어가는 과일이라도 된다는 듯

네가 함께 따다 넣어준
덜 익은 태양, 모르는 술 냄새와 오렌지의 주황 울음들 사이에
서

축하해
나는 나에게 지쳐서
선술집의 낮과 밤처럼 네가 가져온 두 개의 바구니를 오가며
마른 입술을 적시며

몽유의 방문객

너는 오겠지, 달의 해안에 꽃들이 하얗게 밀려오는 봄밤에
너는 오겠지, 부서진 간판의 흐느낌을 가로수 검은 가지로 건
드리는 여름밤에
오겠지, 추위와 얼음의 투명한 발톱으로 다듬어진 소박한 식
탁에
부엌에서 다시 칼국수를 끓이려고
하얀 밀가루가 여주인 손톱 사이에 실낱같은 달로 떠오르는
밤에

초록색처럼 사랑스런 연인이었네, 아닌가
첫 눈송이의 흰빛으로 너는 사랑스러웠던가
기억나지 않는다. 우리는 가을밤의 어두워가는 남청색 코트자
락에 기어들어가
별빛처럼 부드러운 국수 한 그릇을 나눠 먹었으므로

꿈속을 걸으면서 너는 기억하네
여럿이 둘러앉아 먹을 수 있는 크고 둥근 식탁*
부드럽고 위태로운 장소의 이름 속으로
너는 들어오겠지, 둘러앉아 우리 무얼 먹을까 궁리하며

전기 끊긴, 낭만적인 유사 별밤에서 노래도 몇 소절 훔쳐 왔다네
아름답게 반쯤 감긴 눈으로 너는 기억할 수 있겠지
옛날에 한 술꾼 평론가가 먼 기차 소리의 검은 아치 아래 등을
기대던 곳
새벽의 투명한 술잔 속에 시인이 떨어뜨린 한 점의 불꽃을 천
천히 마시던 곳
이젠 죽은 그가 천천히 걷다가 길모퉁이를 돌며
다른 이들의 노래로 가엽게 굽은 등을 조용히 숨기던 밤의 근
처들

기다리며 책을 펼치네, 토끼며 사슴 눈동자로 가득한 페이지를
오고 있겠지, 너 오면 넘기자, 이빨이며 발톱으로 붐비는 날카
로운 뒷장을
너는 꿈에 취해 오겠지, 취기로 넘기자
네가 오지 않아 부서지려는 곳
건축업자가 청혼의 반지를 들고서 기다리는 곳

기다리네, 술 취한 돌고래처럼
너는 오겠지, 너도 모르게

부서지려는 약속의 순간으로
오겠지, 아름다운 거짓말처럼

우리가 꿈속에 서 있다
녹색과 붉은 잎을 다 떨어뜨린 뒤에 서 있는 나무처럼
사라지지 않는 두려움이 서 있다
둥근 잎의 장소들을 다 떨어뜨리며

* 두리반

슬픔의 작은 섬

슬픔의 섬
그런 사건의 작은 돌멩이들로만 이루어진.

그녀의 젖은 머리카락에서 나던 사과 반쪽의 냄새
나는 기억한다, 그날 널 향해 내린 건 세상의 첫 가을비
아무래도 우리는 천 년을 함께 살아온 것 같아.

흔들리는 양귀비꽃의 바람에 머리를 말리며
향기에 불룩해진 돛으로
강 가운데로 밀려가는 자줏빛 조각배처럼
어리둥절하게 인생이 갈 거야

너의 옷소매는 몇 년에 걸쳐 나무식탁에서 닳아버리는지?
화를 내며 걸을 때면 회색 린넨바지가 내던 거친 소리들
서로가 잘라준 날카로운 동물의 손톱이 마루의 몇 번째 틈새를
메우고 있는지?
네 노란 공단양산은 어떤 모양으로 기울어지며
나의 어깨 뒤의 사막에 부드러운 그늘을 만들었는가?

시인은 연인에 대한 미묘하고 병적인 묘사로 신문에 날 것이다.
그래도 좋으리.
사소한 슬픔은 흔들리는 거울 위로 흘러내리고
문득, 유리창으로 내다보면
달콤한 솜털 덮인 그녀의 등고선을
팬지와 토끼풀의 혀로 핥으며 봄은 올 테지만.
연인들을 모르는 척
사연 없는 세계의 고요한 아름다움에 대해
산과 강물이 서로를 쳐다볼 것이다.

그것도 잠시, 슬픔은 여름의 저지대로 흘러가고
폭풍처럼 살인이 일어날 테지, 연인의 배신에
핏방울과 빗방울이 쏟아질 것이다.
시인은 애인의 흐르는 홍수에 몸을 담그고
분노의 조가비를 따서
사랑의 신, 그 애송이의 부드러운 목에 진주를 걸어줄 것이다

그들이 처음으로 입 맞추던 강가의 풀밭이
낡은 녹색 침대 매트리스마냥 얼마나 소란스러웠는지 그제서

야 기억날 거다
　'우리가 처음 서로의 팔에 안겼을 때 벌들은
거대한 꽃송이의 알지 못할 꿀 속에 익사했다
그날 임신 중이던 운명은 수년의 진통 끝에 사랑과 죽음을 쌍
둥이로 낳았다' 는
　그런 종류의 슬픔,
　그런 종류의 슬픔으로만 만들어진 작은 섬은……

없다. 없을 거야.
마지막으로 깨지는 네 개의 거울의 강
포클레인 옆에 서서
콘크리트 죽을 다 핥아 먹기 전엔

만국의 연인들이여
영원히 슬퍼합시다.
슬픔의 슈라라펜란트, 그 섬에 가기 전에
드넓게 세워진 죽음의 건축학적 강둑 위에 서 계신 여러분……

아니다

좋은 시인인가, 아니다
좋은 학자인가, 아니다
그림 속의 아름다운 목을 가진 여자도,
선한 눈썹의 이웃도 아니다

죽을 것인가
아니다

아직도 사랑할 것인가
어느 탑,
어느 가지,
어느 무지개의 시계 위에서 노래할 것인가

녹회색 탑
가지와 죽은 가지
새벽과 새벽 사이에 걸린 거미줄,
거미줄처럼 기다던 너의 이름

죽을 것인가

아니다
누가 이토록 부드러운 잿빛의 부정을 나에게 주었는가
누가 이토록 나른한 부정을 내 핏속에 뿌려놓았는가

어느 탑, 어느 가지, 어느 무지개의 시계 위에서
아직도 사랑할 것인가
마지막 종소리도, 노란 새도
쏟아지는 핏방울도 아니면서
너의 연인도
    아니면서, 아니다

세상의 절반

세상의 절반은 모래
나머지 절반은 물

세상의 절반은 붉은 모래
나머지는 물

절반의 모래 속으로
절반의 물이 모두 스민다

새털구름 없는 아침에도

세상의 절반은 개발
세상의 절반은 죽음

세상의 절반은 붉은 모래
나머지는 물

세상의 절반은 사랑
나머지는 슬픔

붉은 물이 스민다

절반은 모래로
나머지는 네 속으로

세상의 절반은 삶
나머지는 노래

세상의 절반은 죽은 은빛 갈대
나머지는 웃자라는 은빛 갈대

세상의 절반은 노래
나머지는 안 들리는 노래

심사평

|예 심|
다양성의 활기와 풍요로움
김 영 승 · 김 기 택

|본 심|
시행과 행간의 매력
유 종 호

침묵의 한 걸음 앞의 시
이 시 영

수상소감

‘부아지지’와 ‘포고노포르’를 생각함
김 소 연

다양성의 활기와 풍요로움

김영승 · 김기택

예심 심사자들은 2010년 12월호부터 2011년 11월호까지 일 년 동안 주요 문예지에 발표된 신작시를 일일이 읽으며 본심 후보작 선정작업을 진행하였다. 두 심사자는 각자 읽은 작품 중에서 일차로 15명 내외의 시인을 추천한 후, 한자리에 모여 20여 명의 시인 중에서 본심 후보자 선정을 위해 이견을 좁히는 협의를 하였다.

한 해 동안 발표된 작품을 보니 자연스럽게 우리 시의 다양하고 활기찬 지형도가 한눈에 보였다. 그중에서도 우선 두드러지게 나타나는 것은 젊은 시인들의 약진이었다. 양적으로도 문예지의 많은 지면을 채우고 있을 뿐 아니라 질적으로도 젊음의 에너지가 이끌어낸 탄력 있는 구조와 다양한 실험과 경쾌한 상상력으로 우리 시단을 풍요하게 만들고 있다는 점을 다시 확인할 수 있었다. 중견 시인들도 자신의 세계를 지속적으로 탄탄하게 밀고 나가면서 나름대로 변화를 모색하고 있음을 읽을 수 있었다. 젊은 시인들의 영향 때문인지는 몰라도 '어렵게 하기'가 우리 시단에 전반적으로 확산되고 있는 점도 눈에 띄었다. 오랫동안 시의 미덕으로 여겨져온 서정적인 미학이나 선명한 이미지나 리얼리티가 관록과 타성적인 태도에서 나오는 것은 아닌지 묻는 반성적 태도가 그와 같은 변화 속에서 읽혀졌다.

본심 대상작을 선정하는 기준이 완성도가 높은 작품이라는 점은 새삼스럽게 언급할 필요가 없을 것이다. 그러나 이런 작업을 가장 쉽게 하는 일은 기존의 이름과 성취가 주는 고정관념과 선입견에 편하게 기대는 것이다. 이 점을 경계하려면 이름에 걸맞은 기대치를 충족시키지 못하고 관록의 관성으로 작품을 만들지는 않았는지, 그동안 주목하지 않았던 시인들에게서 우리가 간과해온 새롭고 개성적인 모습이 드러나고 있지는 않는지를 주의하여 보는 일일 것이다. 또한 두 심사자들은 시력이 높은 중견 시인들 위주로 선정되거나 젊은 시인들에게 지나치게 쏠리는 현상에 대해서도 경계하지 않을 수 없었다. 그러므로 우리는 개별적인 작품의 완성도를 지니면서도 전체적으로는 우리 시의 다양한 경향과 흐름을 보여줄 수 있는 결과를 내려고 나름대로 애를 썼다.

황인숙의 시는 일상을 간결하게 읽는 발랄한 어조와 감각이 여전히 살아 있었으며, 이정록의 시는 요즘 시단에서 오히려 이채롭고 귀하게 느껴지는 감칠맛 나는 말, 자연스럽게 몸에서 흘러나온 충청도의 목소리를 통해 전통적인 서정시의 힘을 믿음직스럽게 보여주었다. 이수명과 김소연은 중견 시인임에도 불구하고 긴장감이 넘치는 실험적이고 젊은 문법으로 감각과 상상력을 풍부하게 자극하는 완성도 높은 시를 꾸준히 보여주고 있다. 서동욱과 이현승의 시는 낯선 어법과 유머러스한 어조 속에 삶에 대한 통찰과 비판적인 세계인식을 담아 젊은 시의 힘을 유감없이 보여주고 있다. 황성희는 낯설면서도 재미있고 강렬하고 거침없는 에너지가 돋보이는 시로 심사자들의 이목을 단번에 사로

잡았다.

　우리 시단의 새로움과 풍요로움, 그리고 힘이 넘치는 다양한 목소리를 즐겁게 확인하고 본심 심사 대상작으로 올리게 된 것을 다행스럽게 생각한다. ▪

시행과 행간의 매력

유종호

꽈배기 문제란 말이 있다. 알쏭달쏭하고 대중없이 작위적이고 부질없이 혼란스럽고 심란하고 곤혹스러운 국어 시험문제를 말하는 것 같다. 그 평행현상이라고나 할까, 꽈배기 스타일의 혈육 같은 줄글이 도처에서 시라는 근사한 이름으로 창궐하고 있다. 또 해설이란 이름의 독백체 덕담이 이러한 줄글들을 막무가내로 부추기고 있는 것은 아닌지 헷갈리는 경우가 많다. 허다한 시 전문지를 보면서 매양 느끼는 소회다.

이번에 읽은 시편들은 이러한 피곤한 관행에서 멀리 떨어져 있다. 그렇긴 하지만 거기서 가장 멀리 떨어져 있는 작품이 가장 신선하게 다가왔고 그러한 면에서도 김소연 시편은 시원한 매력이었다.

우리는 각자
경치 좋은 곳에 홀로 서 있는 전망대처럼
높고 외롭지만

그게 다지

우리는 걸었지 돌아보니 발자국은 없었지
기었던 걸까 소라게처럼 소라게
처럼

　선명한 이미지와 행간 여백에 숨어 있는 페이소스가 청결하다. 누하고 축축하지 않다. 이러한 시적 미덕은 위 시행의 출처인「오키나와, 튀니지, 프랑시스 잠」뿐만 아니라 대부분의 시에서 발견된다.「이별하는 사람처럼」「태어나기는 했지만」은 말할 것도 없고 얼마쯤 현학적인「연두가 되는 고통」에서도 사정은 다르지 않다. 사람살이 슬픔의 우울한 확인이 순간적인 해방감과 어우러져 있다. 다각적인 모색의 산물이요 흔적이겠지만 도무지 동일한 시인의 작품이라고 생각되지 않는 작품도 태평스럽게 공존하고 있다. 자기 작품의 미덕에 대한 치열한 자각적 성찰과 과감한 군살 덜어내기가 분명한 진경進境으로 싱싱하게 구현되기를 바란다. 축하한다. ▪

침묵의 한 걸음 앞의 시

이시영

김소연의 시는 "침묵의 한 걸음 앞의 시"(김수영)다. 오키나와 주민들의 투쟁과 북아프리카의 재스민혁명을 다룬 정치적인 시(「오키나와, 튀니지, 프랑시스 잠」)에서도 그는 재래의 저항시들의 상투성을 거부하면서 그만의 미학으로 언어가 시적 주체의 '발언'이 되려는 순간 돌연, 자기 시를 멈출 줄 안다. 그리하여 우리는

신중해지지 않을게
다만 꽃처럼 향기로써 이의제기를 할게
이것을 절규나 침묵으로 해석하는 건
독재자의 업무로 남겨둘게

라는 다소 비은유적인 표현을 만나도 조금도 놀라지 않으면서 한 서정적 화자의 시적 '이의제기'를 자연스럽게 가슴에 받아들인다. 말하자면 김소연 세대의 정치시들은 '언어-구호'로서 우리에게 호소하는 것

이 아니고 '언어-감성'으로서 나직히 스며든다. 근 반세기 전 우리의 한 선배 시인은 광야의 선지자처럼 당시의 척박한 시단을 향해 "도대체가 시라는 것은 그것이 새로운 자유를 행사하는 진정한 시인 경우에는 어디엔가 힘이 맺혀 있는 것이다. 그러한 힘은 초행初行에 있는 수도 있고 종행終行에 있는 수도 있고 중간의 어느 행에 있는 수도 있고 행간에 있는 수도 있다—이것이 시의 긴장을 조성하는 것이다."(김수영, 「생활 현실과 시」, 1964)라고 했는데, 김소연은 앞의 말을 무위로 돌릴 수 있을 정도로 힘을 뺀, 그야말로 최소한의 언어로써 최대치의 함의를 담은 '다른 시들'을 생산하려고 한다. 그것이 앞의 작품이며 「연두가 되는 고통」이고 「주동자」다. 김소연과 그의 동세대의 시인들은 무언가를 발설하는 순간 시적 진실은 심각한 훼손을 입는다고 생각하는 것 같다. 그들의 시론에 동의하든 않든 간에, 그의 시들은 언어로서 충분히 아름답고 아련하고 또 그윽하며 함초롬히 '긍지'의 이슬들을 머금고 있다. 그리하여 그가 "왜 하필 벌레는/여기를 갉아먹었을까요"(「연두가 되는 고통」)라고 물을 때 나는 그 질문 앞에 뚜렷한 답변을 할 수 없어도 그 신선한 언어의 일격一擊에 휘청거릴 수 있었다. 흠이 있다면, 그가 쉽사리 받아들이기 어렵겠지만, 어딘지 연약한 듯한 그의 시어들이 미학 이전의 어떤 고통을 감당해야 한다고 생각한다. 발설한다고 해서 모든 진실이 훼손되는 것은 아니며, 그렇게 해서 훼손될 진실이라면 그것은 이미 진실이 아니다. 침묵의 한 걸음 앞에 이르기 위해서 우리는 역으로 강력하고 단호하며 때로는 세계를 집어삼킬 듯한 폭포의 소란을 통과해야만 한다. 2010년대 한국시는 여태껏 우리 시가 경험해보지 못한, 미학과 정치의 기묘한 결합이라는 모험 바로 그 직전의 순간에 와 있다. 그런 점에서 나는 김소연이 앞의 선배 시인처럼 자기 시를 과감히 살아야 한다고 생각한다. 그랬을 때 아직은 '파랑'에서 '보라'에 머문 그의 언어는 "격투의 내력"(앞의 시)으로 더욱 단련되어 이 무어라 말할 수 없는 세계의 죽음 앞에 '재스민 향기'보다 더 나은, 그 무엇을 제출하리라 믿는다.

이수명의 시들은 이제 확실히 어떤 실체, '시의 몸'을 획득했다. 그런데 60년대 한국시에서 김구용이 그러했던 것처럼 그의 시는 아직 '시론 위에 구축된 시'라는 인상을 지울 수가 없다. 그는 언어로써 가닿을 수 없는 사물의 어떤 부면을 역시 언어로써 간신히 드러내고자 한다.「좌판」의 한 부분인 "내가 좌판을 범하기 전에 좌판은 나를 악화시킨다. 좌판은 어떠한 자리도 가지고 있지 않은 좌판이 적당하다."가 그 예시이다. 이 시인이 이상李箱처럼 동시대와의 회통 대신 택한 도저한 불화를 끝까지 감당해나갈 수 있을지 때로는 조금 위태해 보인다. 그러나 "칸나의 배치는 날카롭다."(「천천히」)처럼 치밀하게 운산運算되어 한 편의 포에지를 형성하고 있는 그의 다른 시들(예를 들면「우리의 비례」「지금 네가 숲을 접고 있다면 숲은 얼마나 불가능한가」등)은 심상치 않은 그만의 활력으로 빛났다. 이 상이 좀 더 고독하고 실험적인 문학에 주어지는 것이었다면 나는 그를 수상자로 밀 수도 있었을 것이다. 그러나 온건한 문학제도는 당대의 새로운 언어를 그만의 독특한 방식으로 행사한 시인을 추후 승인한다. 그것도 자유의 이름으로! 김소연 시인의 수상을 축하한다. ■

'부아지지'와 '포고노포르'를 생각함

김소연

나는 좋아하는 것보다 싫어하는 게 훨씬 많은 사람입니다. 싫어하는 것에 관해서만큼은 저는 엄청난 부자입니다. 좋아하는 것은 줄어들고 싫어하는 것은 자꾸 재산처럼 늘어갑니다. 싫어하는 게 늘어갈수록 하고 싶은 일은 점점 줄어듭니다. 하고 싶은 일이 줄어들수록 시를 쓰는 이 일을 더 많이 사랑하게 됩니다. 그래서 시를 쓰는 일만 하고 삽니다. 시를 쓸 때에만 나는 싫어하는 것이 많은 나를 좋아할 수 있기 때문입니다.

싫어하는 것이 너무 많은 사람에게도 이따금씩 새로이 좋아지는 게 있습니다. 요즘 나는 특별한 이름 하나를 좋아하고 지냅니다. '모하메드 부아지지'라는 이름입니다. '부아지지'는 튀니지 사람이었습니다. 그는 과일노점상이었고, 경찰의 거친 단속에 절망한 나머지, 몸에 기름을 붓고 분신을 해버린 청년입니다. 그 사건을 시작으로 튀니지에서 혁명이 일어났다 합니다. 이 소식을 나는 라오스의 루앙프라방에서 들었습니다. 그 혁명을 '재스민혁명'이라고 부른다는 뉴스를 접했습니다. 나는 어떤 작은 나라에서 일어난 혁명보다 그 혁명의 이름이 '재스민'이라는 걸 더 좋아했습니다. 그 소식을 탁발승려들이 사는, 고요하디고요한 루앙프라방에서 들은 것을 더 좋아했습니다. 나 혼자 외딴곳에 떨어져 있을 때에 그런 거친 소식이 들려오는 게 좋았습니다. 그 문제에 대해서 누군가와 격렬한 토론을 하지 못해서 좋았습니다. 그저 혼자 가만히 상상했습니다. 한 사람의 극단적인 절망을 극단적인 희망으로 가져가는 것에 대해 오래 상상했습니다. 그리곤 혼자서 발음해보았습니다. 재스민……. 혀끝에서 좋은 향기가 났습니다.

'부아지지'라는 이름에 대해 상상합니다. 이 이름이 나무의 이름이었거나 꽃의 이름이었다면 어떤 모양일지에 대해 상상합니다. 투박하고 억센 식물이었을 겁니다. '부아지지'라는 이름의 거리가 있다고 상상해봅니다. 부랑자들이 모여 사는 아주 오래된 뒷골목일 겁니다. 나 혼자 조용히 '부아지지'라는 식물에 물을 주고 가꾸며, 나 혼자 은밀히 '부아지지'라는 뒷골목에 찾아가 신문지를 덮고 누워봅니다. 그 이름을 맘껏 상상하며 맘껏 사랑해봅니다.

어렸을 때 아버지께 누가 내 이름을 지었냐고 따져 물은 적이 있습니다. '소연'이라는 여린 이름보다 좀 더 씩씩한 이름을 갖고 싶어서였습니다. 명이 짧다는 내 사주 때문에 장수할 수 있는 이름을 점술가에게서 얻어 왔다고 아버지께서 말씀해주셨습니다. 나는 '소연'이라는 여린 이름으로 불려지는 한, 아마도 아주 오래 살게 될 겁니다. 세상에서 가장 오래 사는 동물이라는 '포고노포르'처럼 말입니다. 포고노포르는 태평양 한가운데에 서식하고 있다고 들었습니다. 그는 자신의 분비물로 관을 만들어서 그 안에서 살아간다고 합니다. 관은 250년에 1미리 정도씩 자란다고 합니다. 자신의 분비물의 보호를 받으며 오랜 생을 보장받은 포고노포르에 대해 요즘은 생각하고 있습니다. 태어날 때부터 관에서 살아간다는 포고노포르, 이 이름이 좋아졌습니다. 250년에 1미리씩 관을 키워간다는 이 동물은 정말이지 먼 미래를 위해 살고 있는 것만 같아 좋습니다. 포고노포르의 관 속에서 사는 삶, 삶이 관인 삶에 대해 상상합니다. 그처럼 완전한 고독을 맘껏 부러워해봅니다. 그를 시인이라고 불러봅니다. 자신의 분비물이 자신의 관이 되는 삶, 죽었다고 말할 수도 있고 살아가고 있다고 말할 수도 있는 이상한 삶이, 나는 시라고 생각됩니다.

나에겐 과분한 상을 받으며 이 글을 씁니다. 그렇지만, 진심으로, 그 어떤 과분한 상도 시인에게는 과분하지 않은 것 같다 생각됩니다. 상이라는 것과 시인이라는 것은 도무지 서로 무관할 뿐이라고 생각됩니다. 그래도 너무나 감사한 일입니다. 불평과 불만을 불편과 불안을 그리고 불면과 불모를 사랑하는, 시인의 이 저속한 신분을 계속해서 맘껏 사랑해도 된다는 뜻으로 알겠다고 말할 수 있기 때문입니다. 싫어하던 것을 더 맘껏 싫어하겠습니다. 맘껏 불량해지겠습니다. ■

2012 現代文學賞 수상시집

오키나와, 튀니지, 프랑시스 잠 외

지은이 | 김소연 외
펴낸이 | 양숙진

초판 1쇄 펴낸날 | 2011년 12월 9일

펴낸곳 | ㈜현대문학
등록번호 | 제1-452호
주소 | 137-905 서울시 서초구 잠원동 41-10
전화 2017-0280
팩스 516-5433
홈페이지 | www.hdmh.co.kr

ⓒ 2011 ㈜현대문학

ISBN 978-89-7275-580-7 03810